「どう？ メイド服、似合ってる……かな？」
Character
風間楓《かざまかえで》
王星学園に通う女子高生。明るい性格で、クラスのムードメーカー的な存在。学園祭のクラスの出し物として『執事&メイド喫茶』を提案する
I got a cheat ability in a different world, and became extraordinary even in the real world.
異世界でチート能力《スキル》を手にした俺は、現実世界をも無双する
～レベルアップは人生を変えた～
11

「優夜さんのカッコいい姿を……
見たくなっちゃって……」

Character

御堂美羽《みどうみう》

大人気ファッションモデル。優夜のことを気にかけており、帽子とサングラスで変装しながら、お忍びで王星学園の学園祭に来校する

Contents

I got a cheat ability in a different world,
and became extraordinary even in the real world.11

「それじゃあ、お姉さんがユティちゃんの背中を流してあげるわね！」
Character
イリス・ノウブレード
『剣聖』の称号を冠す
強の剣姫。優夜たち
【天界】へと降り立
住まう"観測者"た
わせをすることにな
戦乙女たち

学園祭ライブ
それに続いて、晶のドラム、亮のベース、
慎吾君のキーボードが加わり、
ライブがスタートした。
俺たちの演奏が始まるや否や、
体育館に集まっていた生徒たちは歓声を上げてくれた。
しかもライブが始まると、
体育館の外から生徒たちが次々と集まってきた。
Character
「希望。お願いす
私もイリスの背中、流
Character
ユティ
優夜と一緒に生活してい
る、元『弓聖』の弟子。規
格外なレベルアップを
げていく優夜に刺激
け、自身も修行を欠
に続けている
の休息

異世界でチート能力《スキル》を手にした俺は、現実世界をも無双する11
～レベルアップは人生を変えた～

美紅

ファンタジア文庫

3230

口絵・本文イラスト　桑島黎音

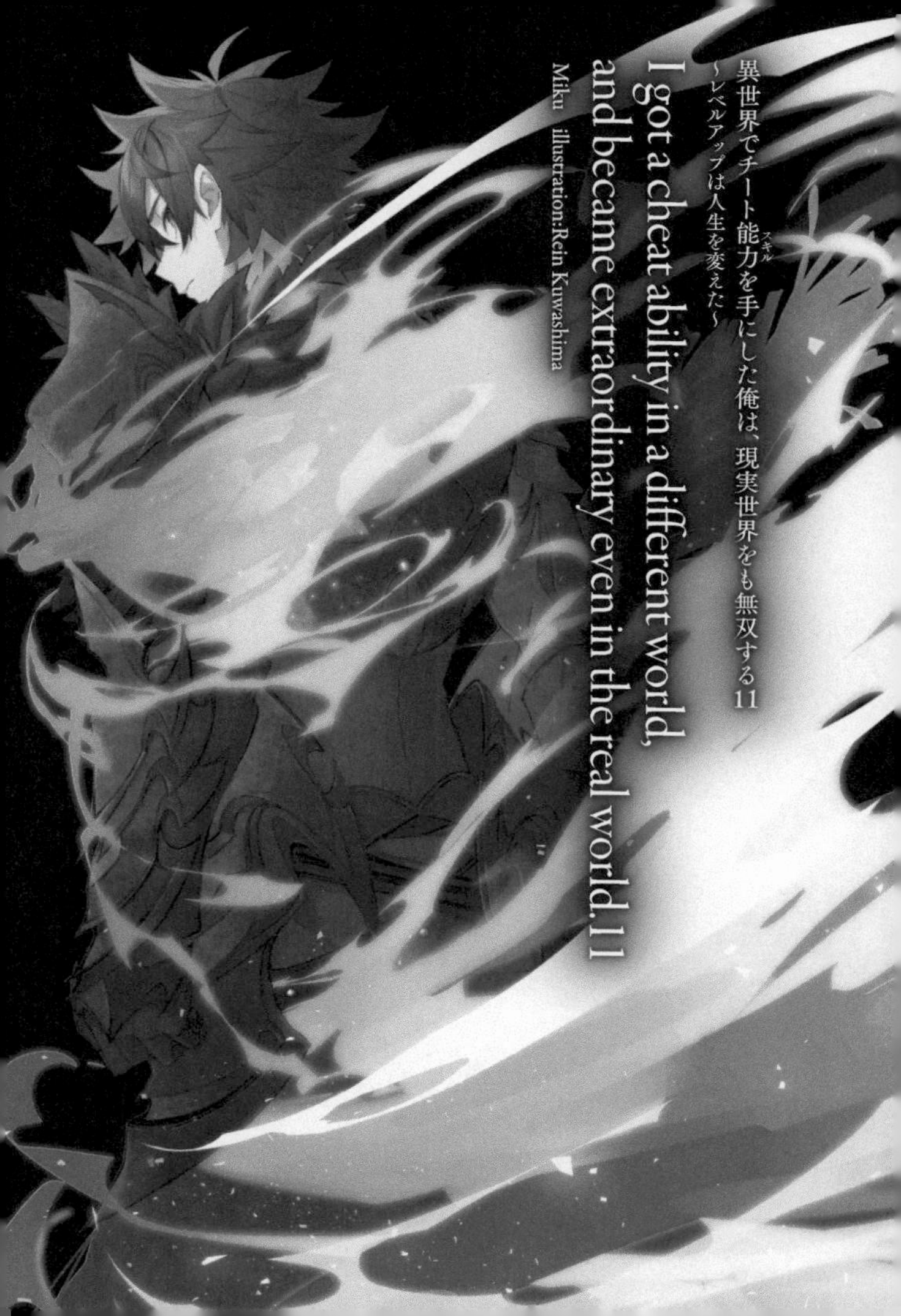
異世界でチート能力《スキル》を手にした俺は、現実世界をも無双する11
～レベルアップは人生を変えた～
I got a cheat ability in a different world, and became extraordinary even in the real world.11
Miku illustration:Rein Kuwashima

プロローグ

――『スタープロダクション』。

俳優やモデル、アーティストなど、様々な人材を擁する芸能プロダクションであり、あの超人気ファッションモデルの美羽《みう》も所属している。

そんな事務所の一室で、一人の女性がマネージャーからとある依頼を持ち掛けられていた。

「え？　王星学園《おうせい》でライブ？」

そう驚くのは、どこか中性的な雰囲気の女性。

肩の上で切り揃《そろ》えられた髪に、Ｔシャツにジーパンといった非常にラフな格好。

この女性こそ、スタープロダクション所属の人気アーティスト、歌森奏《うたもりかなで》だった。

「そう。王星学園の学園祭って聞いたことない？」

「あんまり詳しくないけど、なんか毎年話題だよね。テレビでも見かけるし」

マネージャーの言葉に首を捻《ひね》る奏。

「話題になるのは、その学園祭の規模がとてつもなく大きいからよ。それこそ貴女《あなた》みたいなアーティストが呼ばれる程度にはね」

「ふぅん？　でも、他の学校も似たようなことしてない？」

「まあアーティストを招く学校は案外あるけど、それ以外の出店なんかも規模が大きいのよ。なんか独自のルールで学園祭の予算を決めてるらしいわよ」

マネージャーからそう説明を受ける奏だったが、あまりピンときていなかった。

というのも、いくら予算が出るとはいえ、所詮は学校のイベントでしかなく、そこまで大規模なものではないだろうと思っていたからだ。

「まあとにかく、その学園から貴女を呼びたいって連絡が来たのよ。社長も必ず行きなさいって言ってるし……」

「社長が？　珍しいね」

奏自身、この事務所に所属してからある程度経《た》つため、社長の性格は知っていた。

社長は得にならないことでそう動くことはなく、動くということは何かしらの大きな利益を見込んでいるはずだ。

奏は、社長がたかが一学校のために動こうとしているのが信じられなかった。

「自分で言うのもなんだけど、僕を呼ぶとなると結構お金がかかると思うんだよね。その学園、そんなにいいギャラを払ってくれるってことなのかな？」

「それは問題ないみたいよ。ただ、社長の狙いはそこじゃなくて、その学園にいる一人の男子生徒みたいなのよね」

「ええ？」

それこそ信じられないといった様子で驚く奏に、マネージャーが一枚の写真を見せた。

「これが、社長のお目当ての子よ」

「あれ？　この子って美羽ちゃんと……」

それは以前、美羽と優夜《ゆうや》の二人で撮影した、雑誌の一部分だった。

「この男の子こそが、社長の狙いってわけ。すごくない？　それ、偶然その場にいた彼に突然お願いして撮影することになったのよ？」

「嘘《うそ》でしょ⁉　こんなにオーラがあるのに一般人なの⁉」

奏はそこに写る優夜を見て、目を見開いた。

美羽との付き合いが長く、彼女のオーラを身近で感じ取っているからこそ、その美羽と見劣りしないオーラを放つ優夜が、ただの一般人であることに驚いたのだ。

「いやいやいや、こんな一般人がいるわけないじゃん！　絶対どこかの事務所に所属してるって！」

「でも見たことないでしょ？」

「そ、そう言われればそうだけど……」

「奏の言いたいことも分かるわ。ここまで目立つのに、今まで話題になってなかったことの方が不思議だもの。ともかく、彼……天上《てんじょう》優夜君と少しでも繋《つな》がっておくためにも、この学園とは仲良くしておきたいってのが社長の考えなのよ。前の球技大会の時も、彼に密着取材してたしね」

「へぇ……学園の行事でそこまでするなんてすごいねぇ。それだけ社長も本気ってことか……」

「だから、貴女に来たライブの依頼もぜひ受けてほしいの」

「そりゃあステージを用意されれば、僕は歌うだけだけどさ」

奏としては、事情はどうであれ、事務所が許可を出したのなら、ステージで歌を披露するだけだった。

すると、マネージャーはホッとした様子を見せる。

「よかった……貴女がいつもみたいにワガママ言ってきたらどうしようかと……」

「ちょっと！　僕、そんなワガママじゃなくない⁉」

「ついこの間、納品間近で全曲録《と》り直したいって言ったのはどこの誰かしら？」

「うっ……だ、だって、もっといい感じに歌える気がしたからつい……」

「より良いものを追求するのはいいことだけど、時間や状況は考えてちょうだいね。今回の件は受けるってことで話を進めるわ。途中で嫌だって言っても断れないからね？」

「い、言わないよ！」

奏がそう告げると、マネージャーは肩をすくめながら部屋を出ていった。

部屋に残った奏は、再び視線を写真に落とす。

「天上優夜、か……」

「……あれ、奏さん？」

「あっ、美羽ちゃん！」

すると、ちょうど先ほどまで話題に上がっていた美羽が現れた。

「奏さんが事務所にいるなんて珍しいですね」

「まあねー。僕としては常にどこかのステージで歌を唄っていたいんだけど、今回は呼び出されちゃったからさ」

「何かあったんですか？」

そんな美羽の問いに、奏はニヤリと笑うと、先ほどまで見ていた優夜の写真を見せる。

「コレ！」

「え⁉　こ、これって優夜さんじゃ……」

「そう！　僕が呼び出されたのは、この子が通ってる学校の学園祭のライブに、僕が出演するって話だったんだー」

「か、奏さんが⁉」

予想外の話に驚く美羽に対し、奏はにやけ顔を近づけた。

「それでそれで、一つ訊《き》きたいんだけど、この子ってどんな感じなの？　マネージャーから社長の話を聞いた感じだと相当すごい男の子みたいだけど……」

「え、えっと……」

美羽はふと優夜との夏祭りデートや婚約騒動など色々なことを思い出し、顔を赤くした。

「その……優夜さんはいい人ですよ」

「おや、おやおや～？」

予想外の反応に、奏はますます笑みを深める。

「まさかあの美羽ちゃんがこんな反応するなんて……こりゃあ僕も直接目にするのが楽しみになってきたなぁ！」

改めて写真に目を落とす奏。

トップモデルの美羽と張り合うオーラを放つ優夜に、奏はますます興味を抱くのだった。

＊＊＊

――ところ変わって、数多くの名家の子息子女が通う日帝学園《にってい》に向かう道を、一台のリムジンが走っていた。

「白井《しらい》。情報は集まったかしら？」

そんなリムジンに乗っているのは、日帝学園の生徒会長である神山美麗《かみやまみれい》。

彼女が執事の白井に一言告げると、彼はまとめられた紙をさっと手渡した。

「こちらになります」

「ありがとう。……ふぅん、彼、あまり外を出歩かないようね」

白井から手渡された資料には、優夜のここ数週間の行動記録が事細かに記されていた。

「その資料にもあります通り、こちらの青年は基本的に授業が終わり次第、まっすぐ帰宅しているようです」

「部活はしてないのかしら？」

「そういった情報はありませんね」

「まあ部活に参加していれば、話題になってるでしょうしね」

そう口にしつつ、神山は先日テレビで放送された王星学園の体育祭について思い出していた。

毎年話題になる王星学園の体育祭だが、今年は過去一番の盛り上がりを見せていた。

そのほとんどの原因が優夜の存在だと言っていいだろう。彼の活躍がテレビで放送され、番組の視聴率が過去最高を記録したのだ。

他にも、ユティやメルルといった特殊な生徒も増えたことで、競技の内容が非常に濃いものになっていたのだ。

「ひとまず、彼を回収するには放課後の帰宅途中がいいってわけね」

現在、神山が考えているのは、優夜を拉致し、そのまま日帝学園まで連れていき、そこで転入の手続きまでこぎつけることだった。

そのため、白井に優夜の行動を詳しく調べさせていたのだ。

ただ……。

「お嬢様。そう簡単にいくでしょうか？」

「……そうね。あの映像を見る限り、普通の高校生とは身体能力がかけ離れてるようだけど……彼らを使うから大丈夫よ」

「ま、まさか……」

白井は神山の意図が分かると、目を丸くする。

そして、神山は不敵な笑みを浮かべた。

「ええ。我が神山グループが誇る特殊部隊を使いますわ！」

「し、しかし、たかが一人の高校生を相手にそこまでする必要がありますでしょうか……」

「もちろん、そこまでの存在じゃないかもしれませんわね。ですが、確保に失敗しないためにも全力を尽くしますわ。それに、我が日帝学園の発展のためだけでなく、もし彼個人の資質が本当にすごいのでしたら、私の側近にしてもいいでしょうしね」

「なるほど……」

神山はまるで獲物を狙うような目を窓の外に向けた。

「必ず、彼を手に入れてみせますわ……！」

こうして、優夜の知らぬ場所で様々なことが動き始めているのだった。

＊＊＊

過去世界から呼び寄せられた『邪《じゃ》』を斬り、俺が一息吐《つ》いていると、空からラナエルさんがやって来た。

ラナエルさんは、華麗に着地すると、笑みを浮かべる。

「いやー、無事にこちらの時代に戻れたようで何よりですねっ！　あ、『邪』の方もありがとうございました！　無事、元の時代に戻しておいたので！」

「は、はあ」

ラナエルさんの勢いに押されていると、彼女のことを知らないユティが警戒しながら訊いてくる。

「質問。誰？」

「ああ、彼女は――――」

「――――ユウヤ君ッ！」

「へ？」

ユティにラナエルさんを紹介しようとしたところで、突然声をかけられた。

驚いてその方向に視線を向けると、猛スピードで迫ってくるイリスさんの姿が！

「ユウヤ君、無事なの!?」

「は、はい、大丈夫ですけど……何故《なぜ》ここに……？」

予想外の人物の登場に驚くが、やって来たのはイリスさんだけではなかった。

《おい、一人で突っ走るな！》

「ぜぇ……ぜぇ……わ、私がいることを……忘れているんじゃないか……？」

《……オーディス、貴様は体を鍛えろ》

なんと、ウサギ師匠とオーディスさんまでもが姿を現したのだ。

「あ、あの……何故、皆さんがここに？」

確か、ウサギ師匠たちは他の『聖《せい》』の人たちに『邪』が消えたことを伝えに回っていたはずだ。

また『邪』が消えたとはいえ邪獣《じゃじゅう》は残っており、それの対処にも追われていたはずだが……。

すると、ウサギ師匠が警戒しながら教えてくれた。

《この場所から強烈な『邪』の気配を感じたからに決まっているだろう》

「そうよ！　だからユウヤ君の身に何かあったんじゃないかと思って、急いで来たんだからら！」

「あ……」

色々ありすぎてすっかり忘れていたが、俺と、賢者さんが生きていた時代の『邪』を入れ替える形で、あの『邪』がこの時代に呼び出されたのだ。

「す、すみません。心配をおかけしました……その件に関しては、もう大丈夫です」

「大丈夫って……前のアヴィス、だっけ？　あれよりも強い『邪』の気配だったわよ？」

「そうですね。でも、何とかなりました」

「何とかって……」

俺の言葉に唖然《あぜん》とするイリスさん。

しかし、本当に色々ありすぎたので簡単には説明できないのだ。

すると、イリスさんはラナエルさんに視線を移した。

「まあいいわ。それよりも……その子は誰かしら？」

な、何だろう……イリスさんの雰囲気が微妙に刺々《とげとげ》しい感じがするけど……。

困惑しつつも、改めてラナエルさんのことを紹介しようとする。

「えっと、こちらはラナエルさんです。その、説明すると長くなるんですけど……」

「あ、ここからは私が自分で説明しますよ！」

ラナエルさんはそう言うと、俺が過去世界に飛ばされていたことや、上の次元の世界で行われている観測者と虚神《うつろがみ》との戦いについて説明してくれた。

まあ、俺がゼノヴィスさんと修行したとか、そんな俺が倒した相手が虚神の尖兵《せんぺい》となった創世竜《そうせいりゅう》であることなどは伏せている。というのも、そこら辺はこの世界から情報が消されているだろうから、説明するのが大変なのだ。

当然、突拍子もない話だったので、そう簡単に信じられるものではないはずだが……。

『……そうか。ヤツに会ったんだな』

オーマさんだけは、納得した様子で静かに頷《うなず》いていた。

「ちょ、ちょっと待って！　創世竜は何で今の話をそんな簡単に信じられるのよ⁉　それに、過去世界がどうとか以前に、上の次元って何⁉」

「理解不能。私も分からない……」

《こいつは、出歩けば厄介ごとに巻き込まれる星の下にでも生まれたのか？》

もはやウサギ師匠の言う通りな気がしてきた。

しかし、ラナエルさんはあくまで上の次元での戦いに俺が呼ばれているということだけの説明に留《とど》め、俺と賢者さんの契約に関しては触れなかった。

すると、オーディスさんが静かに口を開く。

「ふむ……要約すると、観測者という神のような者たちが、上の次元で虚神とやらと激しい戦いを繰り広げており、その戦力としてユウヤ殿を連れていく、ということかな？」

「そうです！」

「な、なら私も連れていきなさい！」

「イリスさん⁉」

まさかの発言に俺が目を見開くと、イリスさんは真剣な表情で続ける。

「ユウヤ君は私の弟子よ。そんな訳の分からない場所に一人で向かわせるなんてできないわ！　それに、戦力が足りてないって言うなら、私たちも力になれるはずよ」

「そ、それはもちろん、俺としても心強いですけど……」

ゼノヴィスさんと一緒に虚竜《きょりゅう》を倒したから分かるが、恐らくあれよりも強い存在と戦うことになるのだ。

当然、ドラゴニア星人たちと戦った時以上に危険な戦いになるだろう。

だからこそ、こんなことに巻き込んでいいのだろうか？

《何を悩んでいるかは知らんが、その上の次元での戦いで、観測者とやらの陣営が負ければ、この世界も危ういのだろう？　ならば、この世界の『聖』としても、俺たちが力を貸すのは当たり前のことだ》

「あ……」

「挙手。私も行く」

「わん！」

「ふご？　ぶひ」

「ぴぃ！」

すると、ユティを始め、ナイトたちもついて来てくれると言ってきた。

そしてオーマさんも、呆《あき》れた様子で口を開く。

『はぁ……まさかとは思うが、主《ぬし》一人で向かうつもりだったのか？　これに関してはユウヤだけでは手に負えんだろう。我も手を貸そう』

なんと、オーマさんまでもが手を貸してくれると言うのだ。

これは何よりも心強く、ふと見ればオーディスさんも力強く頷いてくれた。

しかし、この中で唯一、俺と同じ地球出身の神楽坂《かぐらざか》さんは、気まずそうに告げる。

「その……話を聞いた感じ、かなり大事そうだけど、私じゃ足手まといだろうから……ごめんなさい」

「い、いいえ！　そんな気にしないでください。元々、こんな大変なことが立て続けに起きてる方がおかしいんですから……」

自分で言っておいてなんだが、どうしてこんなにトラブルに巻き込まれるんだろうか。

ともかく、そんな危険なことに神楽坂さんを巻き込むわけにはいかなかった。

「代わりと言っては何だけど、イリスさんたちがこの世界を離れている間、私は邪獣を少しでも減らせるように頑張るわ」

「それは……ありがたいです」

すると、俺たちのやり取りを黙って見ていたラナエルさんは考え込む。

「ふむふむ……皆さん、ユウヤさんと同じように、我々に手を貸していただけると……その気持ち、本当にありがたいです。ただ、元々ユウヤさん一人を上の次元にお呼びする予定だったので……」

「それじゃあ、私たちはダメってこと？」

「……いえ。少し時間をいただけますか？　観測者様に確認して、一度、調整してきます。というのも、皆さんはこの世界においてかなり重要な役割を担《にな》っているでしょう？　そんな存在をこの世界から簡単に引き抜いてしまうと大きな支障が出てしまうかと……」

「なるほど……」

「というわけで！　私は一度、上の世界に戻ります！　あ、皆さんをお呼びする際は個別に私がお迎えに上がりますので、心配しないでください！　それではっ！」

ラナエルさんはそう告げると、その場からすごい勢いで上空へと飛翔《ひしょう》していった。

その様子を見送ると、イリスさんはため息を吐《つ》く。

「ひとまず、これから大きな戦いに参加するわけよね……宇宙での戦いでも少し思うところがあったし……今一度、『聖』としての力を見直すために、ウサギ、オーディス、少し付き合いなさい」

《む？》

「わ、私もか？」

「当然でしょ？　どんなのが相手なのか分からないけど、生半可な相手じゃないはずよ。なら、私たちも力をつけておくべきじゃない？」

「い、いや、その通りだと思うが、私はお前たちと違って体力が……」

《確かにな。オーディスに関しては体力がなさすぎる。そこも含めて修行するか》

「ウサギ⁉」

驚くオーディスさんの首根っこをウサギ師匠は一瞬で摑《つか》み上げた。

「というわけで、私たちは修行してくるわ。何ならユウヤ君も来る？」

「い、いえ、俺はその、地球での生活もありますから……」

「あら、残念。それじゃあまた会いましょう！」

《フン》

「お、おい、ウサギ！　私は自分で歩け――――！」

オーディスさんが何かを言いかけるも、イリスさんとウサギ師匠は空中に跳び上がり、そのまま空を蹴ってどこかへと行ってしまった。もちろん、オーディスさんを引きずりながら。

「……ひとまず、神楽坂さん、一緒にレガル国まで行きましょうか」

「え、ええ」

俺たちは当初の目的通り、神楽坂さんを送るため、レガル国へと向かうのだった。

＊＊＊

優夜たちがレガル国に向かっているころ。

アルセリア王国の王城にて、レクシアはため息を吐いていた。

「はぁ……ユウヤ様、今ごろ何してるのかしら……それに、チキュウで食べたクレープ、また食べたいわ……」

「またそれか……」

そんなレクシアに対し、護衛であるルナもため息を吐く。

「だって仕方ないじゃない！　もう長いことユウヤ様と会えてないのよ⁉　会いたいと思うのは不思議じゃないわ！」

「だったらどうするんだ？」

「会いに行くのよ！」

「馬鹿なのか？」

何も考えず、素直に思ったことを口にするレクシアに、ルナは呆れていた。

「あのな……お前はもう少し自分の身分のことを考えろ。王女がそう簡単に外を出歩けるわけないだろう？」

「でも……」

「それに、会いに行ったところで、ユウヤにはユウヤの生活があるのだから、すぐに離れることになるのは変わらないんだぞ」

「それなら私とユウヤ様が結婚すれば問題ないわ！」

「大ありだ、馬鹿者。第一、一度断られてるんだろう？　なら諦めるんだな。……代わりに私がユウヤの傍《そば》にいてやろう」

「ちょっとおおおお！　そんなの許すわけないでしょおおおお⁉」

非常に騒がしいレクシアたちに、城に勤める兵士たちはまたかと言わんばかりに苦笑いを浮かべていた。

しばらくの間言い争った二人は、疲れたように再びため息を吐いた。

「はぁ……ここでルナとどんなに言い争ってもユウヤ様には会えないのよね……」

「当然だ。お前には王女としての責務があるだろう？」

「王女としての責務って何よ」

「いや、私に訊《き》くな……まあ国同士の繋《つな》がりを強化したり、色々と外交面で王女としての役割があるのだろう？　私がお前の護衛になる前からお前がやってきたことじゃないか」

「まあね……でも、そろそろ私も学園に行かなきゃいけないのよ」

「学園？」

ルナが不思議そうに首を傾《かし》げると、レクシアは面倒くさそうに続ける。

「ええ。ルミナス皇国にある『オーレリア学園』って聞いたことない？」

「ん……何となく耳にしたことはある。ただ、私が闇ギルドに所属していた時、ルミナス皇国で仕事をすることはなかったから、よくは知らんが……」

「まあ簡単に言うと、いろんな国の王侯貴族の子息子女が通う学園ね。たいていの国の王族は時期が来ればそこに通うことになるわ」

「それはどうしてだ？」

「人脈づくりとか外交だとか色々な理由はあるけど、結局は国のためね。聞いて察せる通り、楽しい場所じゃないわよ」

「ということは、お前もそこに行くのか？」

「……年齢的にね」

心底嫌そうな表情を浮かべるレクシアに対し、ルナは気の毒そうに告げる。

「そうか……まあ頑張れ」

「はあ⁉　何言ってるのよ！　ルナも一緒に行くんだからね！」

「なっ⁉　何故《なぜ》私も行かなきゃいかんのだ！」

「私の護衛でしょ？　連れていくに決まってるじゃない」

「嫌だぞ、そんな面倒な学園は！」

「私だって嫌よ！　それに、学園に入ったらますますユウヤ様と会えなくなるわ！」

レクシアにとって、他国の貴族や王族を相手にするよりも、優夜と会える機会が減ることの方が何よりも我慢できないことだった。

すると、レクシアは不意に天啓が降りたように顔を上げた。

「そうよ……学園よ……！」

「は？」

今まで散々『学園』が嫌だと口にしていたレクシアが、今度は嬉《うれ》しそうに『学園』と叫ぶ様子に、ルナは呆気《あっけ》にとられる。

「だから、学園なのよ！」

「……とうとう頭がおかしくなったのか？」

「何でよッ！　まだ分からないの？　学園に行くのなら、ユウヤ様と同じ学園に行けばいいのよ！」

「あ……」

まったく予想していなかったレクシアの発言に、ルナは目を見開く。

「マイも言ってたけど、ユウヤ様の世界にも学園があることは間違いないわ！　だから、私が留学するのはオーレリア学園じゃなくて、チキュウでユウヤ様が通っている学園にすればいいのよ！」

「そ、それはいいが……そんなこと国王が許すのか？　そのオーレリア学園に行くのがこの国の王女の慣例なのだろう？」

「そこは押し通すに決まってるじゃない！」

「まさかの力業⁉」

何か作戦があるのかと思いきや、ただのゴリ押しをするつもりだと言うレクシアにルナは驚く。

しかし、レクシアもそれなりの理由を用意していた。

「というのは半分冗談よ。だってチキュウにある学園よ？　ルミナス皇国に行くよりも、学ぶことが多いとは思わない？」

「そ、それはそうだが……」

「この世界のことを学ぶのも大切だけど、他の世界を知ることができれば、アルセリア王国に大きく貢献できるかもしれないわ！　これならお父様も許してくれるはずよ！」

「そう簡単にいくか？」

「ダメだったら押し通すまでね！」

「やっぱりな……」

レクシアの中で優夜の学園に通いたいという気持ちが芽生えた以上、もはやルナが何を言っても止まることはなかった。

「というわけで、さっそくお父様のところに行くわよ！」

――こうしてレクシアたちは、優夜の知らないところで動き始めるのだった。

第一章　学園祭準備

ラナエルさんと別れた後、再びラナエルさんが迎えに来るまでの間、神楽坂《かぐらざか》さんをレガル国まで送り届けたり、地球まで送り届けたりしながら、平穏な日々を過ごしていた。

とはいえ、虚神《うつろがみ》との戦いを見据えて、ナイトたちと一緒に異世界での修行も続けている。

……イリスさんたちもどこかで修行してるようだけど、どれだけ強くなるんだろう？

次に会う時が楽しみなような、少し怖いような……。

少なくとも、ウサギ師匠との修行はこれまでよりも過酷になるだろうなぁ。

そんなことを考えていると、沢田《さわだ》先生がやって来て、ホームルームが始まった。

「――さて、体育祭も終わって少し経《た》つが、次はいよいよ学園祭だぞー」

そうか、もう学園祭の時期になるのか……。

今までの色々な行事で獲得してきたポイントが、学園祭でのクラスごとの予算に影響するという話だったはずだ。正直なところ、王星《おうせい》学園の学園祭がどんな規模感なのか想像もつかないけど……。

そして俺たちのクラスの予算だが……。

「皆の頑張りのおかげで、このクラスの予算は潤沢だぞー」

『うおおおお！』

沢田先生の言葉に、クラス中が一斉に沸いた。

「というわけで、体育祭の時と同じように……影野《かげの》ー。お前が仕切ってこのクラスの出し物を決めてけー。一時間目はそれに充《あ》てるからなー」

「分かりました」

今回も学級委員の影野統《おさむ》君が仕切る形で、学園祭の出し物を決めることになった。

「それじゃあ、何かやりたい出し物があればどんどん言ってくれ」

影野君が仕切る中、メルルが俺に声をかけた。

「ユウヤさん。その、学園祭とは何でしょうか？」

「え？　ああ、メルルは初めてだもんね……その、何て説明すればいいのか……食べ物の出店を開いたり、ちょっとしたゲームの出し物をやったりできる、学園イベントってところかな？」

「なるほど……前にご一緒した遊園地みたいなものですか？」

「いや、さすがにあそこまでの規模じゃないけど……」

そんな風に思っていると、クラスの皆から次々と出し物のアイデアが提案される中、影野君がボソッと呟《つぶや》いた。

「ふむ……予算はあるし、校庭に組み立て式の小屋くらいなら建てられるかな……」

へぇ、小屋が建てられるのか。

……。

「小屋⁉」

思わず声を上げると、隣の雪音《ゆきね》が教えてくれる。

「……ビックリすると思うけど、この学校の学園祭ならそれくらいできるよ。特にウチのクラスは予算が確保できてるし」

「そ、そんな規模なのか……」

さすがに遊園地規模ではないにしろ、俺の知る学園祭の規模とはまるで違う。

「……お化け屋敷《やしき》をするなら、特注のギミックも作れるし、舞台をするならかなり豪華なセットも用意できるね」

「おお……」

前の学校にも当然学園祭はあったが、俺はまともに参加することができなかった。準備期間も当日も、クラスの皆から邪魔者扱いだったからな……。

だからこそ、初めてちゃんと参加する学園祭が楽しみだ。まあ俺の知る学園祭の規模じゃないんだけどね。

そんなことを考えていると、どうやら案が出尽くしたようで、影野君がまとめに入っていた。

そして、出た候補の中から統合できそうな部分は統合しつつ、最終的に喫茶店、お化け屋敷、舞台の三種類が残った。

ちなみに、喫茶店を提案したのは楓《かえで》で、お化け屋敷は雪音、舞台は晶《あきら》だった。

「結構定番所が残ったねー」

「まあ、いざ何するかって考えると、ハズレのない出し物にしたいしな」

「三つに絞れたわけだが、最後は多数決をとろうと思う。だから、それぞれ提案者に少し時間をあげるから、プレゼンしてくれ」

「それなら僕からいかせてもらうよ！」

影野君の言葉に真っ先に手を挙げたのは、髪をかき上げながら立ち上がる晶だった。

「何と言っても、この学校で一番大きい施設は体育館だろう？　そこで舞台をできるとなると、まず間違いなく学園祭でも目立つはず……それに、予算も潤沢にあるから、セットだって豪華にできる！　これは舞台以外、考えられないだろう？」

どんな風にプレゼンするのかと眺めていたが、思ったより普通の内容で驚いた。晶のことだから、もっと突拍子もない理由だったりするのかと思ったけど……。

「まっ、一番は舞台で貴公子になれるチャンスだからだけどねっ！」

やっぱり普通じゃなかった。

思わず晶の言葉に苦笑いしていると、凜《りん》が手を挙げる。

「質問なんだけど、舞台をやるとしてどんな題材にしたいとか考えてるのかい？」

「もちろん！　僕主役の貴公子物語を――――」

「影野ー、次いこう」

「そうだな」

「話聞いて⁉」

意気揚々と語ろうとした晶だったが、強制的にプレゼンが終了してしまった。

……ちょっとだけ晶の考えてた貴公子物語っていうのが、どんなものなのか気になったのは内緒だ。

続いてプレゼンするのは、お化け屋敷を提案した雪音。

「……晶も言ってたけど、予算があるから、お化け屋敷もより豪華にできると思う。それに、今なら教室じゃなくて小屋を建てて一から作るのもアリだし」

「なるほど……」

「……それに私はオカルト研究部だから。お化け屋敷やるなら全力」

「え」

雪音の言葉を聞いて、楓が固まる。

「ゆ、雪音ちゃん？　全力って何を……」

「……部活で調べた心霊スポットから色々といわくつきのアイテムを持ってくるとか、予算があるから呪われたアイテムを取り寄せるとか……」

「ダメダメダメー！　そんなの絶対にダメだよ！」

「……どうして？　本物のお化けが出るお化け屋敷……インパクトはすごいと思うけど」

「ひいいいいい！」

楓は雪音の言葉を想像してか、真っ青になっていた。

お、俺も本物の幽霊は遠慮したいかな……それこそメルルと遊園地のお化け屋敷に行った時、本物を見てしまってるからなおさら……。

すると俺と同じタイミングでメルルもそれを思い出したらしく、顔を青くしていた。

「あ、あんな非科学的な存在を呼び寄せたいだなんて……雪音さんはとんでもないですね……」

「……そう？　面白いと思うけど」

不思議そうな表情を雪音は浮かべていた。

そんなやり取りを見ていた影野君は、苦笑いを浮かべる。

「ま、まあ……心意気はともかく、さすがに何かあると困るからな。せいぜい僕たちが幽霊の格好をしたり、何か工夫してお客さんを驚かすくらいのものになるだろうね」

「……それじゃつまらない」

「そんなことないよ⁉」

す、すごいな雪音は……この調子だと、実際に目の前に幽霊が現れても淡々としてそう。

「と、とりあえず内容については決まってから考えるとしよう。最後は喫茶店についてのプレゼンだが……」

影野君に促され、先ほどまで震えていた楓は、気を取り直してプレゼンを始める。

「実はね、私が考えてるのは普通の喫茶店じゃないんだー！」

「ん？　どういうことだ？」

「ズバリ……執事&メイド喫茶！　クラスの皆でお揃《そろ》いの衣装が着られたら面白いなって思ったんだ！」

楓は元気よく告げる。

「最初は思い出作りで皆とコスプレみたいなことしたいなーって考えてたんだけど、それなら出し物として喫茶店もやれたら面白そうだし、いいんじゃないかなって」

「ふむ……前の二人はだいぶ個性的なプレゼンだったが、楓君は普通だな」

「二人がおかしいだけだよ……」

「……晶と一緒なのは心外」

「流れ弾⁉」

『おかしい』者扱いされた挙句、雪音からも追撃を食らった晶は、その場に崩れ落ちた。

その様子を見て俺が苦笑いしていると、楓がこちらに視線を向ける。何だろう？

「それに……何か食べ物系の出し物がしたいなって考えてたんだー」

「そうなのか？」

「うん！　前の校外学習の時に優夜《ゆうや》君と一緒の班だったんだけど、優夜君の料理がとっても美味《おい》しくてさ！　だから、他の人たちにも優夜君の料理を食べてもらいたいと思って！」

「え、俺⁉」

予想していなかった状況に驚いていると、凜が頷《うなず》いている。

「あー……それは間違いないね。あの時の料理はとんでもなかった……」

「この【料理の貴公子】たる僕も唸《うな》る美味しさだったね……」

「そういえば、優夜のとこの料理、やたら美味そうだったよなぁ」

「う、うん。こっちの班までいい匂いが漂ってきてて、羨ましかったよ」

その時のことを思い出してか、亮《りょう》や慎吾《しんご》君を含め、他のクラスメイトたちも頷き始める。

そ、そんなに美味しかったのだろうか？

確かにあの時は異世界で手に入れたスキルのおかげでいつもより上手に料理ができた記憶があるが、元々一人暮らしが長いから、料理は多少得意だった。

だからこそ、こうして料理が美味しかったと言われるのは純粋に嬉《うれ》しい。

「優夜君に頼り切りになっちゃうかもだけど、また優夜君の料理が食べたいなーって……迷惑かな？」

「い、いや、そんなことないよ。それに、もし喫茶店をするにしても、作り方は皆で共有するだろうし……」

俺が一日中料理し続けるなんてことにはならないだろう。

ただこの感じだと、俺は料理係として裏方に回る感じかな？　どちらにせよ、頑張ろう。

こうして三者ともプレゼンが終わったところで、少し考える時間が与えられると、ついに投票が始まる。

「よし、それじゃあこの三つで多数決だ」

再び影野君主導の下、多数決が行われた結果――。

「――執事&メイド喫茶で決定だ」

『おお！』

俺たちの出し物が決定したのだった。

＊＊＊

学園祭で執事&メイド喫茶をすることが決定した後は、通常の授業が行われ、昼休み。

いつも通り亮たちと食堂で食事をしていると、亮がとある提案をしてきた。

「なあ、バンドやらねぇか？」

「バンド？」

「も、もしかして、学園祭で？」

俺が首を傾《かし》げる中、慎吾君は亮の意図を察したようで、目を見開いている。

「ああ。優夜は知らないかもしれないけど、学園祭での出し物はクラスだけじゃなくて、生徒同士のグループでもできるんだ。中には部活単位で参加してるところもあるぞ」

「ぼ、僕のゲーム部は、毎年おすすめのゲームをまとめた本とか、オリジナルゲームを販売したりしてるよ」

「そんなマーケットみたいなこともしてるの⁉」

まさかそこまでできるとは思ってもいなかった。これ、高校生の学園祭というより、大学とかの学園祭が近いんじゃないか？

「っていうか、慎吾君、オリジナルゲームなんて作れるんだね！」

「ま、まあ本当に簡単なものだけどね」

「おいおい、そんな謙遜すんなよ！　去年も買わせてもらったけど、アレめちゃくちゃ面白かったぞ！」

「そ、そうかな？　ありがとう」

亮の言葉に照れ臭そうに笑う慎吾君。

すごいな……俺も慎吾君が作ったゲームやってみたいけど、もし何か機械が必要なら買わないとなぁ。

「っと……話が逸《そ》れたが、とにかく有志でも何らかの形で出し物ができるんだよ。それで、せっかくだから俺たちでバンドでも組んで、体育館で演奏しようぜってな」

「なるほど……でも俺、楽器なんてできないよ？」

「ぼ、僕も……」

「そんなのいいんだよ！　俺もできねーし」

「あ、亮もできないのね⁉」

てっきりこんな提案をしてくるくらいだから、亮は何らかの楽器が演奏できるのかと思っていたが、違うらしい。

すると、亮は楽しそうに笑う。

「下手くそかもしれないけど、こういう機会だからこそ、やってみるのもいいんじゃねぇか？　何事も経験だって！」

「経験か……」

この学校に入る時、理事長の司《つかさ》さんにも色々と挑戦するといいって言われたっけ……。

ふとその時のことを思い返しつつ、不意に慎吾君と目が合うと、お互いに笑った。

「そう、だね……興味はあるかも」

「ぼ、僕も！　正直、ダメダメかもしれないけど……やってみたいかな」

「それじゃ決まりだな！　楽器は持ってるなら自前でもいいし、なくてもステージに出るなら学校が貸してくれるはずだからよ。もし大丈夫なら今日から練習しようぜ！」

こうして俺は、学園祭で亮たちとバンドを組むことになるのだった。

そこでふと、俺はあることを思い出す。

「そういえば、学園祭には毎年有名なアーティストが来るんだよね？　今年は誰が来るの？」

「そ、それは、当日になるまで分からないんだ」

「そうそう！　そのアーティストが誰なのか、予想するのも楽しいよなー」

なるほど……俺はアーティストに限らず、芸能系には疎《うと》いのだが、純粋に楽しみだ。

ひとまず、学園祭の準備を頑張ろう！

＊＊＊

「うーん……いざバンドを組むことになったけど……大丈夫かなぁ」

「わふ？」

亮の誘いでバンドを組むことになった俺は、少しでも体が鈍《なま》らないように大魔境《だいまきょう》を探索していた。

ただ、そこまで本格的に探索するつもりもないので、一緒にいるのはナイトだけだ。

「まだどんな曲を演奏するかも決まってないからなぁ……」

まあ俺はそれ以前に音楽の経験がないわけだが……。

それこそ俺の音楽の経験なんて、学校の授業程度だ。知ってる曲もほとんどない。

「やるからにはしっかり練習しないとな」

俺が下手で笑われるのはいいが、それで亮たちに迷惑が掛かるのだけは嫌だからな。

「！　わふ」

「そういえば、ボーカルは誰がやるんだろう？　まあ俺ってことはないだろうけど……。

よくよく考えれば授業で合唱の経験はあっても、一人で歌ったことってなかったな……実際、俺って歌えるのか？」

合唱は皆で歌うので、正直俺の歌の上手さがどうとか、まったく分からない。

それこそ飛び抜けて上手《うま》ければ、合唱の中でも際立《きわだ》って聞こえるだろうが、生憎《あいにく》俺はそんな歌声を持ち合わせていない。

つまり、俺が音痴なのかどうかさえ不明なのだ。

「わふ！」

「特に授業で怒られたことはないから、極端に音痴ってことはないだろうけど……実際、どうなんだろう？」

そんなことを考えながら、俺は知っている曲をふと口ずさむ。

それは、森の中で熊に出会うという内容の歌だった。

「～♪」

「ウォン！」

「グルゥ？」

「へ？」

歌についてあれこれ考えながら歩いていると、ナイトが強く吠《ほ》えた。

その声でようやく正気に返った俺だったが……目の前にはデビルベアーの姿が。

「「……」」

見つめ合う俺たち。

そして――――。

「グオオオオオオオオ！」

「うわああああ!?」

「わふぅ……」

熊が出てくる歌を唄ってたら、本当に熊と遭遇したよ！

完全に考えることに没頭して、デビルベアーに気づかなかった俺のことを、隣でナイトが何とも言えない表情で見上げていた。め、面目ない……。

とにかくこの状況を脱しないといけないので、俺はすぐさま【全剣《ぜんけん》】を取り出すと、正《せい》眼《がん》に構える。

そして――――。

「ガアアアアア！」

勢いよく突っ込んでくるデビルベアーを冷静に見つめ、俺は賢者さんの教えを思い出しながら剣を振り下ろした。

俺が剣を振り下ろす直前、危険を察知したデビルベアーは避けようとしたものの、俺の攻撃の方が一段速く、そのまま一刀両断されると、デビルベアーはドロップアイテムを落として消えていった。

「ふぅ……あ、危なかった……」

「わふ。わん」

ナイトは気を付けてと言わんばかりに俺の足を叩《たた》く。

「ご、ごめん。こんな考え事しながらは危ないよな」

「わん！」

最近は賢者さんや虚竜《きょりゅう》のようなとんでもない存在と戦ってきたからか、大魔境の魔物ならまだ大丈夫だという油断が生まれていたのだろう。

俺はそんな余裕を持てるほど強いわけでもないのに、強くなった気でいたのだ。

これは気を付けないとな……。

ドロップアイテムを回収していた俺は、そこでふとあることを思い出した。

「今回は手に入らなかったけど、前にデビルベアーと戦った時は【炎のギター】ってアイテムを手に入れたんだっけ。もしかしたら、あれ、使えるのかなぁ？」

まだ何をするかも具体的なことは決まっていなかったが、楽器を使うとなれば【炎のギター】を使う可能性が出てくるかもしれない。ただ、異世界のアイテムなので、地球のアンプに繋《つな》げられるのかとか、そこら辺は確認しないといけないだろうけど……今までのドロップアイテムの傾向を見てると、そんなことくらいはできても驚かない。なんせ風呂《ふろ》が携帯できるくらいだからね！

デビルベアーのドロップアイテムを回収し終えた俺は、気合を入れ直す意味で頬を叩いた。

「さてと……ごめん、ナイト。もう油断しないよ」

「わふ」

ナイトは満足げに頷《うなず》くと、再び警戒した様子で森の奥の方に視線を向けた。

……こうしてナイトを見ているると、ますます自分が不甲斐《ふがい》なく思えてくるな。

ナイトは油断せず周りを見渡しているのに、俺ときたら……。

反省は後にして、俺も警戒しながら探索を再開した。

さっきまでは考え事に集中しすぎて気づかなかったが、デビルベアーとも遭遇したように、大魔境の生態系も徐々に戻り始めているようだ。

アヴィスの攻撃で消し飛んだ大魔境だったが、やはりそこで暮らす魔物たちの生命力は桁違いだな。

「ん？」

周囲を警戒しながら進んでいると、今まで大魔境で感じたことのない気配を察知した。

俺はすぐさまナイトに視線を向け、スキル『同化』を発動させると、気を付けながらその気配に近づく。

するとそこには、一匹の巨大なカエルが鎮座していた。

そのカエルは軽自動車ほどの大きさで、全身青緑の綺麗《きれい》な色をしている。

この大魔境で初めて見る魔物で、俺はすぐさま『鑑別』を発動させた。

【ヘル・フロッグ】
レベル：52、魔力：10000、攻撃力：200000、防御力：300000、俊敏力：40000、知力：300、運：1000

知力や運こそ低いが、その他のステータスはバランスがいい。

魔力的にも魔法を使ってくる可能性がありそうだが……。

何にせよ、初めて見る魔物である。

ただ、今俺たちがいる地点は、大魔境の中でも中腹くらいで、何度も足を運んだことがある場所だ。

偶然の可能性もあるが、よく知る場所にこうして知らない魔物がいるってことは、アヴィスの攻撃による影響なのかもしれない。

そんなヘル・フロッグだが、よく見ると自身に襲い掛かってくるゴブリン・エリートの群れを相手に戦っている最中だったのだ。

「ケロケロケロ！」

「グオォオ!?」

「いっ⁉」

ヘル・フロッグが何とも言えない特殊な声を発すると、今まさに襲い掛かろうとしていたゴブリン・エリートたちは混乱したように体をふらつかせる。

その声は俺たちの下にまで届くが、すぐさま耳を塞いだことにより、何とか難を逃れた。

ナイトも器用に前足で耳を塞いでいる。

ゴブリン・エリートたちはヘル・フロッグに反撃しようとするが、その瞬間、ヘル・フロッグはこの特殊な声を発した状態で、同時に別の声も出し始めた！

「ゲコォオオオ！」

「ガ、ガアア……」

「これは……」

「わふ！」

まるでオペラ歌手のような、野太くいい鳴き声を上げるヘル・フロッグに、獰猛《どうもう》なはずのゴブリン・エリートたちはまるで魅了されたようにうっとりとした表情を浮かべた。

俺は先ほどからずっと耳を塞いでいたのだが、今度の声はそれすら貫通する威力で、その声に引き込まれそうになる。

だが、ナイトが素早くそんな俺の足を軽く叩いてくれたおかげで、正気に返った。

「あ、ありがとう」

「わふ」

気にしないでと小さく鳴くナイトに、本当にこの子は優秀だなと思わされた。

それよりも、まさか二つの声が同時に発せられるとは思わなかった。

しかも片方は敵を混乱させるような声で、もう一方は魅了するような声という、相手をするには非常に厄介な能力である。

そんな能力を真正面から受けたゴブリン・エリートたちはまともに戦える状況ではなくなっていた。

そして――――ヘル・フロッグはその特殊能力以外にも、戦闘力が非常に高かった。

「ゲコォ！」

「ガッ――――」

一瞬、ヘル・フロッグの口が開いたかと思うと、次の瞬間には目の前にいたゴブリン・エリートがヘル・フロッグの口に飲み込まれてしまった！

俺が何とか視認できたレベルだが、ヘル・フロッグの口が開いた瞬間、そこから凄《すさ》まじい速度でヘル・フロッグの舌が伸びると、そのままゴブリン・エリートの体に巻き付き、口の中に引き込んだのだ。

しばらくの間、ヘル・フロッグの腹がもごもごっと動いていたものの、すぐにその動きは大人しくなる。

あまりの早業に、俺たちは驚愕《きょうがく》する。

遠くから観察している俺たちでさえその速度に驚くのだから、目の前で食われたゴブリン・エリートからすれば、まさに一瞬の出来事だろう。

それからも戦意喪失しつつあるゴブリン・エリートの群れをヘル・フロッグは次々と飲み込み、やがて腹を膨らませたヘル・フロッグだけが残るのだった。

そんな殺戮《さつりく》劇を見届け、呆然《ぼうぜん》としている俺を、ナイトが見上げる。

「わふ？」

どうする？　と訊《き》いてくるような視線に、俺は少し考える。

この魔物を見るのは初めてだし、今なら相手は食後で動きも鈍いだろう。

それに、俺たちには気づいてなさそうだ。

……ここは一度、戦っておくか。

俺がナイトに目配せすると、ナイトは頷く。

ナイトにはこのまま警戒を続けてもらい、俺の攻撃で仕留め損なった時に、ナイトにトドメを刺してもらおうと考えていたのだ。

俺は【絶槍《ぜっそう》】を取り出すと、そのままヘル・フロッグに向けて、全力で投擲《とうてき》した。

すると、ヘル・フロッグは槍《やり》が体に触れる直前で攻撃に気づいたものの、避ける間もなく胴体を貫かれた。

「クエエ……ケ、ケ……」

そして体を痙攣《けいれん》させると、そのままドロップアイテムを残して消えていった。

「ふぅ……ひとまず何事もなく倒せたな……」

「わふ」

ゼノヴィスさんとの修行を経て、大魔境《だいまきょう》の魔物レベルであれば瞬殺できるくらいには強くはなれているのだろう。

周囲を警戒しながらドロップアイテムを回収した俺は、ひとまず探索を切り上げ、家に戻った。

そして、さっそくヘル・フロッグのドロップアイテムを確認していく。

【地獄蛙の皮】……ヘル・フロッグの皮膚。弾力性と防水性に優れており、その上軽い。防具の素材として非常に優秀。

【地獄蛙の舌】……ヘル・フロッグの舌。非常にしなやかで、丈夫。特殊な粘膜に覆われ

ており、一度引っ付くと中々離れない。

このような素材と魔石が手に入った。

魔石のランクはSだったため、魔物としてのランクもSランクなのだろう。

ただ、今回はこれらのアイテムとは別に、またも不思議なアイテムがドロップした。

それが……。

【地獄のマイク】……ヘル・フロッグのレアドロップアイテム。このマイクは、貴方《あなた》を理想の歌声に導きます。ただし、そこに至るまでの道のりはまさに地獄。貴方にその覚悟がありますか？

「何なんだ、このアイテム……」

これはいつもの日用品シリーズ……と言っていいのか分からないが、他の素材系アイテムと毛色が違うのは明らかだった。

見た目こそ普通の手持ちマイクにしか見えないのだが、何が違うんだろうか。

マイクを手にして観察していると、不意にマイクから音声が流れてきた。

『レッスンを始めますか？』

「れ、レッスン？」

突然の音声に驚きつつも、物は試しと頷く俺。

すると、再び音声が流れる。

『それでは、マイクから流れる音に従って、その音程に合わせて声を出しましょう』

「へ？」

詳しい説明もないまま、いきなりマイクからピアノの音階が流れ始める。

その状況に呆然としていると、音声で**『先ほどの音階を発声してください』**と指示された。

ひとまずその指示に従い、声を出した瞬間。

「あばばばばばばば⁉」

俺の全身に電撃が走った！

そのあまりの衝撃に驚愕していると、またしても音声が流れる。

『音程が間違っています。さあ、もう一度』

「へ？　あ、あの、どういう――」

『**歌いなさい**』

「ぎゃあああああああ⁉」

　再度流される電流に、俺は絶叫した。

「ちょっ、ちょっと待って！　俺はただ、確認を――」

『**レッスンの中止は認められません。歌いなさい**』

「いだだだだだだ！」

「わ、わふぅ」

『……一体、何をしてるのだ……』

　容赦なく流される電流に悶《もだ》える俺を、ナイトは心配そうに見つめ、そんな騒がしさに見物にやって来たオーマさんは、呆《あき》れたようにそう口にした。

「お、オーマさん！　助けてください！　手に入れたアイテムを調べようと思ったら、このマイク、止まらないんですよ！」

『そんなもの、手を放せばよかろうが』

「そんなこと、最初から試してますよッ！」

　しかし、まるで俺の手に吸い付くかのように、マイクは手から離れてくれないのだ。

も、もしかしてこれ……レッスンとやらが終わらないと手から離れないとか言わないよな……？

急激に嫌な予感を抱く俺に対し、マイクの音声は無慈悲に言い放った。

『レッスンを始めたからには、ひとつのメニューを終えるまで続けてもらいます。中断は認められません』

「そ、そんな……！」

『さっさと歌いなさい』

「あばばばばばば⁉」

――こうして俺は、このレッスンが終了するまで何度も電流を浴び続けることになるのだった。

＊＊＊

学園祭が近づいてくると、毎日の授業もほとんどが学園祭の準備に充《あ》てられることになった。

今回、俺たちがすることになった執事＆メイド喫茶は、お客さんに提供する料理のメニューはもちろん、衣装も用意する必要がある。

これが普通の学校なら市販品のコスプレグッズを使うのだろうが、とにかく予算が潤沢にあるということで、本格的なメイド服と執事服が用意されることになった。

ただ、俺は裏方として料理をしてればいいかなくらいの気持ちだったので、特に気にしていなかったのだが……。

「優夜君！」

「はい？」

学園祭用のメニューを影野君たちと考えていると、楓に声をかけられた。

「サイズ測るから来て！」

「え⁉」

予想外の言葉に驚いていると、俺の両脇を楓と凛が抱きかかえる。

「ほらほら、早く！」

「ちょ、ちょっと待って！　どうして俺のサイズを⁉」

「え？　だって優夜君も執事するでしょ？」

「そうなの⁉」

まったくそのつもりがなかったので驚いていると、なんと教室にいたクラスメイト全員が頷《うなず》いた。

「え、ええ？　お、俺は料理の方に専念しようと思ってたんだけど……」

「そ、そんなの勿体《もったい》ないよ！　皆、優夜君の執事姿を見たいと思ってるよね？」

『うん』

「皆!?」

またしても一斉に頷かれ、俺は唖然《あぜん》とするしかなかった。

「ほらほら、皆もこう言ってるんだから、大人しく測られなって」

「う、うん」

凛たちに促され、次々と必要な個所《かしょ》のサイズを測られる俺。

「これでよし！　あ、優夜君、執事もやってもらうけど、料理の方も期待してるからね！」

「あ、そっちもするんだね!?」

てっきり料理の仕事はなくなるのかと思ったが、どうやら違うらしい。

まあ俺としては料理も好きだから問題ないんだけどね。

＊＊＊

そんなこんなで少しずつ学園祭の準備が進んでいく中、料理のメニューも決まり、ついにメイド服と執事服が届いた。

「さあ、衣装が届いたよ！　フロア担当になってるメイドと執事は袖を通してみてね！」

楓に促され、俺も用意された執事服を手に取る。

お、おお……すごい。手に持つと分かるけど、ペラペラな生地じゃなくて、ちゃんとした執事服だ……。

思わず感動しつつも、他の男子たちと一緒に更衣室まで移動し、服を着替える。

俺と同じく執事をするメンバーには亮と晶もいた。

「すげぇな！　こんなにしっかりした服だとテンション上がるぜ」

「そうだね」

「まさに【執事の貴公子】たる僕にぴったりじゃあないかっ！」

「……執事の貴公子ってなんだ？」

晶はいつも通りだった。

それはともかく、それぞれが着替えていると、いつの間に着替えたのか、同じく執事服に身を包んだ影野君が現れた。

「皆、着替え終わったかな？」

「お、おお……」

俺たちは執事服に身を包んだ影野君を見て、目を見開く。

そんな俺たちの反応に、彼は首を傾《かし》げた。

「ん？　どうかしたのか？」

「い、いや、その……すごく似合ってるからさ」

影野君はピシッと整えられた髪と、メガネがよく似合う執事に変身していたのだ。

なんていうか……執事長とかそんな感じの雰囲気だな……。

思わずそんな風に見ていると、彼は少し照れ臭そうに笑った。

「ようやく僕も活躍できる場面が来たのかな……」

俺としてはイベントの度に影野君は大活躍していると思うのだが、本人としてはそんな自覚はなかったのだろう。……もっと分かる形で感謝を口にしよう……そう思うのだった。

その後、服に問題がないことを確認した俺たちは、もう一度制服に着替え直すと、今度は料理の確認に移る。

今回、俺たちのクラスは、パンケーキやショートケーキといったデザートだけでなく、オムライスやサンドイッチのような軽食も用意することになった。

普通の学校ならケーキやオムライスを出すのは難しいだろうが、俺たちは調理室を借りることに成功したので、一度にたくさんの調理をすることが可能だった。

「こ、これが優夜の料理か……！」

「このオムライス、ふわっふわだよ！」

「もはや出し物のクオリティじゃねぇだろ……」

「オムライス以外も全部美味《おい》しい！」

「……全部食べたら太りそう」

「それは禁句だよ！」

皆、俺が用意した試食を美味しいと口にしながら食べてくれたので、一安心だった。

他には、アフタヌーンティーも用意しており、かなり本格的だと思う。

ドリンクの紅茶やコーヒーも良い物を用意しているしね。

そんなこんなで、学園祭の準備は順調に進んでいるのだった。

＊＊＊

優夜たちが執事服の試着をしていたころ、女子たちも届いたメイド服の試着をしていた。

「うわぁ……やっぱりすごいね」

特に今回の喫茶店を提案した楓は、手にしたメイド服を見て感嘆の声を上げる。

「確かに、そこら辺の雑貨屋で買うような、安っぽいメイド服とは比べ物にならないクオリティだねぇ」

「……同感。ここまで良い衣装を用意できるのも、予算が確保できたおかげだね」

「そうだねー……正直、今までの行事で学園祭の予算が増えるって言われても、あんまり実感湧かなかったもんね。いやぁ、頑張ってよかったよー！」

それぞれが手にしたメイド服に袖を通しつつ確認していると、楓はふと呟《つぶや》く。

「それにしても……優夜君の執事服姿、気になるなぁ……」

「あー……優夜はとても似合ってそうだねぇ」

「……影野も似合ってそう」

「あ、確かに！」

更衣室の女子たちはクラスメイトの男子たちの話題で盛り上がる。

「あんまり気にしたことなかったけど、ウチのクラスってカッコいい男の子多いよねー」

「うんうん」

「ウチのクラスって言うか、この学校全体的に魅力的な男子が多いんだよー」

「まあその中でも飛び抜けて優夜君は目立ってるけどね」

「晶君も黙ってればイケメンなんだけどねー」

「……でも黙ってる晶って、不気味だね」

「いや雪音、さすがにそこまでは……ごめん、不気味だねぇ」

それぞれが楽し気に会話をしていると、ふと更衣室の扉が開く。

「あら？　皆さん……どうしたんですか？」

「あ、佳織《かおり》さん！」

そこには不思議そうな表情の佳織がいた。

佳織は楓たちがメイド服に身を包んでいるのに気づくと、目を見開く。

「その服は……」

「あー、これ？　これは学園祭の私たちのクラスの出し物に使う衣装だよ！」

「め、メイド服がですか？」

メイド喫茶というものを知らない佳織は、どんな出し物をするのか予想がつかず、さらに目を見開いた。

一方、メイド服に着替えた楓は、サイズ感の確認をしていた。

「あ、あれ？　何だか少しきついような……」

「んん？　きついって……太ったのかい？」

「いや、お腹《なか》まわりじゃなくて、胸元が……」

「アンタ、また育ったのかい⁉」

「きゃっ！　り、凜ちゃん⁉」

凜は楓の言葉に驚きながら、楓の胸を鷲掴《わしづか》みにする。

そして何かに気づくと目を見開いた。

「ほ、本当に成長してる……」

「も、もう、凜ちゃん！　怒るよ！」

「私との差がどんどん開いていってますね……はぁ……」

「え、か、佳織さん？」

そんな凜の言葉に、佳織を含め、何人かの女子が反応した。

「楓、すでにプロポーション抜群なのに……恐ろしい子……！」

「……理不尽」

「よ、世の中って残酷ですね……」

佳織と雪音は自身の胸に手を当てると、肩を落とした。

こうして楓たちはドタバタしつつも衣装合わせを終えるのだった。

＊＊＊

――優夜が学園祭の準備をしているころ。

異世界ではウサギたち三人の『聖《せい》』が虚神との戦いに向けて、修行をしていた。

「――――ハアッ！」

《フンッ！》

激しくぶつかり合うウサギの脚とイリスの剣。

すると、その両者の間に凄《すさ》まじい魔力の塊が飛んできた。

「っ！」

《相変わらず陰湿な攻撃だな！》

「フン、何とでも言うがいい。これが魔法使いの戦い方だ」

オーディスは周囲に魔力の塊を浮かび上がらせて、それらを的確に撃ち出し、距離を取りながら攻撃を続ける。

だが、イリスたちも黙ってやられるわけではなく、剣や脚でその攻撃を弾いた。

こうして修行を続ける三人だったが、しばらくすると休憩に入る。

「ふぅ……ウサギ、昔戦った時と比べて強くなったわね？」

《まあな》

「私も驚いたぞ。ドラゴニア星人との戦いの時もそうだったが、お前があそこまで魔法を扱えるとは……」

『魔聖《ませい》』であるオーディスは、ウサギが自身を魔法によって強化しながら戦闘し続けていることに驚いていた。

「それこそイリスの言う通り、昔は魔法の扱いが苦手だったはずだが……」

《ユウヤから学んだのだ》

「ユウヤ殿から？　あ、いや……彼は賢者の後継者だったな。それならば不思議なことではないか……」

「……ユウヤ君、とんでもない勢いで成長してるわよねぇ……」

しみじみとした様子でそう語るイリスに対して、優夜にとって最初の師匠であるウサギの表情は硬かった。

「？　ウサギ、どうしたのよ？」

《……このままでは、ダメだと思ってな》

「む？　ユウヤ殿がか？」

《いや、俺たちがだ》

はっきりと言い切ったウサギに、イリスも頷《うなず》き、オーディスは首を傾げる。

「まあウサギの言う通り、私たち『聖』もこれまで以上に強くなるために修行をしているわけだが……」

「ウサギは、今の修行じゃダメだって言いたいわけよね？」

《ああ。……オーディス、忘れたか？　俺たちがユウヤの下に駆け付けた理由を》

「む？　それは、強烈な『邪《じゃ》』の気配をユウヤ殿の家の方角から感じたからだが……」

《ならば、誰がそれを倒した？》

「あっ……」

そこまで言われ、オーディスは気づいた。

確かにウサギたちが到着したころにはその気配は綺麗《きれい》に消えており、何事もなかったかのように、優夜たちがそこにいたのである。

「ユウヤ君は詳しい話をしなかったけど、状況的に見て、ユウヤ君がその『邪』を倒したと考えるのが自然よね」

《そうでなければ、落ち着いていられるはずはない。アイツもすでに『邪』の脅威を体感しているのだからな》

「し、しかし、確かに宇宙での戦いでも凄まじい実力の持ち主だとは思ったが、前にお前たちが語った『邪』の本体を相手取れるほどとは思わなかったぞ」

「だからこそ驚いてるのよ」

《……恐らく過去世界に飛ばされたと言っていたから、そこで何かあったのだろうが……

どちらにせよ、その世界でユウヤが経験したことが切っ掛けとなって、上の次元での戦いに参戦することになったのだろうから、虚神との戦いに勝利するためには、ユウヤが現にやってのけたように『邪』の完成体を相手取れる程度の実力が必要になるのだろう》

「そ、そうなのか……」

「……そういう意味では、私たちの実力じゃまだ足りないわよね」

《ああ。まったく足りんな》

「そ、そうは言うが、どうすると言うのだ？　彼のようにいきなり強くなるなど、普通では無理だろう？」

オーディスの言う通り、『聖』の称号を冠する三人は、すでに実力が完成していると言っていい。

もちろん、この場にゼノヴィスがいれば、そんな言葉を一蹴したのち、無理やりにでも三人の実力を引き上げるだろうが、この場にいない以上は不可能だった。

ただ……。

《いや、方法はある》

「何？」

ウサギがそう断言したことで、二人は驚いた。

「方法って……何するのよ？」

《今までの俺たちの修行は、いわゆる己の技を磨き続けることだった。それは間違っていないし、それで強くなれたのも事実だ。しかし、それだけではダメなのだろう》

「まあ頭打ち感もあるしね」

《ここには三人の『聖』が集まっている。つまり、三つの道を極めた者たちがいるのだ》

「！　貴方《あなた》、まさか……」

何かに気づいたイリスが驚くと、ウサギは草食動物とは思えぬ獰猛《どうもう》な笑みを浮かべた。

《――――それぞれの技を教え合い、吸収するのだ》

それは今までの『聖』たちからすれば、考えられなかったことだった。

何せそれぞれの『聖』たちは己の技に自信があるからこそ、その道を極め続け、他の道には目もくれなかったのである。

しかし、優夜から魔法を学んだことで強くなったウサギは、他の技術を取り入れることの重要性を痛感していたのだ。

《時間がない。ここからはどこまでお前たち『聖』の技術を物にできるかが勝負だ。そう

と決まれば、さっさと修行を再開するぞ。師匠として、アイツに不甲斐《ふがい》ないところは見せられんからな》

「ええ」

「あ、ああ」

ウサギの提案に乗った二人は、さらなる力を求め、互いの技術を吸収するための修行を開始するのだった。

＊＊＊

「──よし、いい感じじゃねぇか？」

「よ、よかったぁ……」

学園祭の準備が進む中、俺はバンドの練習も進めていた。

今回、俺たちは三曲演奏する予定だ。初心者なのに三曲もできるかなとも思ったが、簡単そうな曲を選んだため、何とかなりそうだった。

それこそ担当する楽器を決めることから始まったわけだが、だいぶ前にデビルベアーを倒した際に手に入れた【炎のギター】が地球のアンプに繋《つな》いで使用できることが分かったので、俺はギターを担当することになった。

「まっ、この【ドラムの貴公子】たる僕がいるんだから当然だね！」

「あはは……」

最初は俺と亮、慎吾君の三人でバンドを組む予定だったものの、俺がギターで亮がベース、そして慎吾君はキーボードになり、ドラムがおらず困っていたところ、晶が参加してくれることになったのだ。

晶もドラムは初心者らしいのだが、先ほど言っていた【ドラムの貴公子】だからなのか、かなり上達が早い。

とはいえ、晶を含めて全員が初心者であることに変わりはないので、そんなに難しい曲には挑戦できなかったが、それでも十分様になってきた気がする。

ただ……。

「それにしても、優夜の歌もいいじゃねぇか！」

「本当に……？」

そう、このバンド――俺が歌うのだ。

当初は亮が誘ってくれたので、てっきりボーカルも亮がするものだと思い込んでいたのだが、いざ練習を始めた際、ボーカルに俺を指名してきたのだ。

当然そんな大役、俺には無理だと断ったが、亮だけでなく慎吾君も賛同してきたので、断り切れなかった。

「やっぱり思った通りだぜ。優夜がセンターでボーカルするなら舞台映えもするし、いけるって！」

「う、うん！　優夜君、すごくよかったよ！」

「さすがは僕のライバルだねっ！」

「そうかなぁ……」

亮たちはこうして褒めてくれるものの、まったく自信がなかった。

というのも、そもそも流行《はや》りの歌も知らず、今回演奏することになった曲も聞いたことすらなかったのだ。

その上、カラオケなんかにも行ったことがなく、俺の歌唱経験なんて音楽の授業の合唱くらいだった。

だが、ここにきて、先日ヘル・フロッグから手に入れた【地獄のマイク】の効果が表れたのだ。

それこそ、あのマイクを手に入れた直後は誤ってレッスンを始めてしまい、そりゃあもう大変な目に遭ったわけだが、こうしてボーカルに決まってからは、空いた時間に積極的にレッスンを受けるようにしていたのだ。

正直、初回のトラウマもあって、あのマイクを使うのは躊躇《ためら》ったが、人前で歌を唄った経験がない俺は、少しでも皆の足を引っ張らないようにするために、あのマイクに頼るしか選択肢がなかったのだ。

あのマイクを使って様々なレッスンを受けたおかげか、上手《うま》いかどうかは別にして、音程だけはとれるようになったはずだ。

「まあでも、精一杯頑張るよ」

今の俺に言えることはそれくらいしかなかった。

その後も何度か合わせて練習したのち、そろそろ時間も時間なので解散することに。

晶は帰り道が違うので別れ、俺と亮と慎吾君の三人で帰路に就く。

「いやぁ、最初は勢いで言ったけど、案外何とかなるもんだなぁ！」

「そ、そうだね。僕も初めて音楽の授業以外でちゃんと楽器に触ったけど、楽しいね」

「な！　これなら生涯通しての趣味としていいかもな」

亮の言う通り、今回練習してみて思ったが、この一回限りで終わってしまうには惜しい。

それくらい楽器を演奏するのは面白いのだ。

今までは時間が取れず、今回からまともに【炎のギター】を使うことになったわけだが、これからは積極的に触っていこうかなと思っている。

「そういえば、結局どんなアーティストが呼ばれてるのか分からなかったなー」

「う、うん。やっぱり当日のサプライズだもんね」

「俺たちも同じステージに上がるんだもんな！　くぅ！　楽しみだぜ！」

それぞれが今度の学園祭について語りながら歩いていると、ふと声をかけられた。

「あれ？　優夜さん？」

「えっ？　み、美羽《みう》さん⁉」

「なっ⁉」

「ほ、本物⁉」

なんと、人気モデルの美羽さんと遭遇したのだ。

確かに、この周辺に住んでいることは知っていたが、まさか帰宅中に出会うとは思ってもいなかったので驚いてしまう。

するとそれは美羽さんも同じだったらしく、びっくりした表情でこちらを見ていた。

「その制服……そういえば優夜さんって王星学園の生徒さんでしたね。前の球技大会の記事を見て知りました」

「あ……そ、そんなこともありましたね」

今となっては懐《なつ》かしいが、美羽さんの所属する事務所の社長さんが密着取材したいということで、球技大会にたくさんの取材クルーがやって来たのだ。

そんなやり取りをしていると、ふと静かな亮たちに美羽さんが気づく。

「そちらの方は……」

「あ、二人は俺の友達で、亮と慎吾君です」

「「……」」

「ん？　亮？　慎吾君？」

「「ハッ⁉」」

紹介したものの反応がないため、再度声をかけると、二人は慌てて俺を引っ張る。

「ゆ、優夜！　何でそんなに落ち着いてられんだよ！」

「そ、そうだよ！　あのモデルの美羽さんが目の前にいるんだよお⁉」

「そ、そう言われればそうか……」

偶然とはいえ雑誌のモデルを一緒にやったり、その繋がりで美羽さんの彼氏役を引き受けたりと、何だかんだ交流はあったが、改めて考えるととんでもない状況だよな。

こんな俺が大人気モデルの美羽さんと一緒にいるなんて……。

それこそ美羽さんと一緒に夏祭りに行った時も周囲の反応は当然大きかったが、こうして二人から熱弁されると実感が湧いてくる。

というより、初めて美羽さんと会った時と同じくらい緊張してきた……！

「あの……どうしました？」

「ハッ⁉　い、いえ、何でもないですよ」

「そうですか？　……あれ？　その背負ってるものって……」

三人そろってあたふたしていると、美羽さんが俺の背中にあるギターに目を向けた。

「それ、ギターですよね？　優夜さんってギター弾けるんですか？」

「これはその、今度の学園祭でここにいる二人とバンドを組むことになりまして、今はそのステージに向けて練習中なんですよ」

「えっ！　優夜さんが⁉」

「ちなみにボーカルも優夜っす！」

「亮⁉」

「優夜さんが……歌う……」

まさかさっきまで固まっていた亮がそんなことを言うとは思わなかったので驚く中、美羽さんは何やら考え込み始めた。

「……そういえば、奏《かなで》さんも優夜さんの学園でライブをするんですよね……こっそり見に行っちゃおうかな……？」

「え？」

「あっ……何でもないですよ！　それじゃあそろそろ私は行きますね。皆さん、学園祭準備、頑張ってください」

「はい！」

こうして美羽さんと別れた俺たちは、しばらくその後ろ姿を眺めていた。

すると緊張から解き放たれたように皆息を吐く。

「っぷはぁ……き、緊張したぁ……」

「俺、思わず話しかけちまったぜ……！」

「そ、それにしても、やっぱりオーラがすごかったね」

「そうだね」

雑誌でもすごいオーラを放っている美羽さんだが、実際に会うとさらに圧倒されるのだ。

その立ち居振る舞いのどれをとっても綺麗《きれい》で、すごく努力してきたんだろうな……。

予想外の出会いに驚きつつ、また帰り道を歩いていると、不意に俺たちの隣に一台の黒塗りの車が止まった。

「え？」

「何だ？」

しかも、その車に続くように、同じような黒塗りの車が次々と列を成していく。

亮たちもいきなりのことに驚いていると、車の扉が開き、中からたくさんの黒服の男たちが現れた！

「な、何だ何だ⁉」

「ど、どういう状況⁉」

俺を含め、いきなりのことに驚いていると、俺たちを囲むようにして立ち塞がる黒服の一人が口を開く。

「天上《てんじょう》優夜様ですね？」

「へ？　は、はい、そうですけど……」

まさか俺の名前が出てくるとは思わず、つい気の抜けた返事をしてしまうと、問いかけてきた黒服の方が無線らしきものでどこかに連絡を取った。

「こちら、ターゲットを確認。確保します」

「はい？　確保？」

まったく予想していなかった言葉に首を捻《ひね》ると、黒服たちはいっせいに俺に群がり、そのまま体を拘束してきた！

「うぇえ⁉」

「ゆ、優夜⁉」

そして、抵抗する間もなく俺は車に入れられると、そのまま車は発進してしまうのだった。

「……はっ⁉　な、何だったんだ、今の……」

「そ、それよりも、優夜君が連れてかれちゃったよ⁉」

「そ、そうだよ！　って、誘拐ってことか⁉　嘘《うそ》だろ⁉」

「と、とにかく警察と学校に連絡を——」

「——あら？　どうしたんですか？」

「「あ！」」

亮と慎吾が振り向いた先には、佳織が立っていたのだった。

＊＊＊

――――優夜が謎の集団に攫《さら》われ、亮たちが混乱しているころ。

地球やアルジェーナが存在している世界とは別の……もう一つ上の次元に位置する【天界】と呼ばれる場所に、ラナエルは帰還していた。

そして、自身の上司である観測者たちに事情を説明し、優夜の他にイリスたちの参加について進言した。

すると、観測者の一人が声を荒らげる。

「ただでさえ下位世界の者に頼るのは腹立たしいというのに、追加だと⁉　そんなものは認めんぞ！」

「しかし、こちらの戦力が不足しているのも事実。ここは引き入れるべきでは？」

「下位世界の者たちの力を借りたところで何の役にも立たん！　我らに傷一つ付けることすら叶わぬ者どもに、虚神の相手などできるわけないだろう！」

「そうだな。仮に我々が虚神に対抗する術《すべ》を与えるにしても、その者たちにその手間をかけるほどの価値があるのか？」

最初の観測者の意見を皮切りに、次々と言葉が飛び交う。

しかし、その内容はどちらかと言えば優夜たちに対して否定的な意見が多かった。

すると、唯一この状況を黙って見ていた一人の観測者が、静かに手を叩《たた》いた。

「――――静粛に」

「「……」」

その一言で、あれだけ意見を交わしていた観測者たちが押し黙る。

周囲が静かになったことを確認すると、手を叩いた観測者はラナエルに訊《たず》ねた。

「ゼノヴィスは来ないのですね？」

「は、はい。以前にも申し上げた通り、ゼノヴィスは完全にテンジョウ・ユウヤへと役目を託した形になります」

「そうですか……ただ、そのユウヤという者だけでなく、彼の仲間たちが力を貸したいと」

「そ、そうです」

「ラナエルから見て、その者たちの実力はどうですか？」

そう訊《き》かれたラナエルは、イリスたちのことを思い出しつつ、正直に答える。

「その……【神威《かむい》】なしの戦いであれば、我々使徒よりは強いかと思います。ただ、観測者様たちと比べますと、何とも……」

「なるほど」

ラナエルの言葉を聞き終えた観測者は、しばらく考え込んだ。

そして、決断を下す。

「――分かりました。ひとまず直接会って確認してみましょう。その者たちも連れてきなさい」

「！　はっ！」

――こうして、優夜だけでなく、イリスたちも【天界】に呼ばれることが決定するのだった。

第二章　日帝《にってい》学園

いきなり見知らぬ黒服たちに攫われた俺は、まさか地球の……しかも日本でこんな目に遭うとは思っていなかったこともあり、異世界でのように力を振るうわけにもいかず、抵抗する間もなく車に詰め込まれてしまった。

そこでようやく異常な事態に巻き込まれていると理解した俺は、すぐにこの場から離脱しようとしたのだが……。

「――ごきげんよう、天上優夜《てんじょうゆうや》さん」

「え？」

不意に投げかけられた声の方に、俺は視線を向ける。

するとそこには、どこかの学校の制服に身を包んだ一人の女の子が、優雅に紅茶を飲みながら座っていた。

あまりにも実感のない状況に呆気《あっけ》にとられた俺だったが、すぐに正気に返り、警戒しながら訊ねる。

「あの……貴女《あなた》は一体……？」

「わたくし、日帝学園の生徒会長を務めております、神山美麗《かみやまみれい》と申します」

「日帝学園……」

その名前は何となく耳にしたことがあった。

王星《おうせい》学園は世間的に超エリート学校として有名だが、日帝学園は超お金持ちの人が多く通う学校として世間では認識されているはずだ。

そんな学校の人が、どうしてこんなことを……。

「少々手荒な真似《まね》になってしまいましたが、わたくしどもが優夜さんに危害を加えるつもりはございません」

「なら、どういったご用件でしょうか？」

俺がそう訊くと、神山さんは紅茶を置き、まっすぐ俺を見つめた。

「単刀直入に申します。天上優夜さん、我が日帝学園に来ませんか？」

「え？」

予想もしていなかった言葉に驚いていると、神山さんは続ける。

「我が日帝学園と王星学園は少々縁が深く、お互いにライバルのような関係でした。しかし近年、日帝学園は王星学園に劣るのではという意見が出始めたのです」

「は、はあ」

「そこで、少しでも日帝学園の威厳を取り戻すべく動き始めていたところ……優夜さん、貴方《あなた》が王星学園に転入したのです」

そう言うと、神山さんは何かの資料を手に取り、読み始める。

「調べれば調べるほど、貴方の経歴には謎が多い。しかし、体育祭や球技大会の映像を見たところ、貴方の実力は計り知れません。まさかこんな人材が日本にいたなんて、思いもしませんでしたわ」

「……」

「そんな貴方が、王星学園に加わったことで、そちらと我が校の差はさらに広がりました。そこで、その原因である貴方を我が日帝学園に引き入れることによって、王星学園との差を解消しようと考えているわけです。優夜さんほどスター性の溢《あふ》れる生徒が我が日帝学園に来れば、容易《たやす》いことです」

「な、なるほど？」

言っている意味は分かったが、俺がそんな大きな存在だとは到底思えないし、何より話の規模が大きくて……。

　そもそも日帝学園についてそんなに詳しくなかったので、王星学園とライバル関係にあるなんて知りもしなかった。

　ただ……。

「その……すみません。俺をそんな風に評価してくださるのは嬉《うれ》しいですけど、王星学園から離れる気はまったくありません」

　佳織《かおり》が俺に編入を勧めてくれたからこそ、今の俺があるのだ。

　それに、王星学園での生活は本当に楽しいし、離れるなんて考えられない。

　だからこそ、キッパリと断ったのだが……。

「フフ……まあいきなりこんなことを申し上げてもすぐには承諾してくださらないでしょう。ですから、このまま優夜さんを一度、日帝学園まで招待しようと思いまして」

「え？」

「さ、着きましたわ」

「なっ⁉」

　神山さんと会話していたため、外のことは気にしていなかったが、車の外を見ると、いつの間にか見知らぬ巨大な門の前に到着していた。

その大きさは王星学園の正門よりも遥《はる》かにでかい……！

「ここが日帝学園ですわ。これから優夜さんを案内して差し上げますわね」

あまりの巨大さに呆気にとられる俺をよそに、車は敷地《しきち》内へと入った。

そして駐車場で車を降り、そこから歩いて移動するのだが、その敷地の広さに度肝を抜かれる。

「さ、こちらですわ」

え、これ……全部が学園の敷地なのか⁉

まず駐車場が、どこぞのテーマパークの規模並みに広いのだ。

豪華な花壇や巨大な噴水はもちろん、少し遠くには馬に乗った生徒らしき人らがちらほら見える。う、馬までいるのか……。

他にも神山さんについて歩いていると、生徒たちが豪華絢爛《ごうかけんらん》な馬車に乗り、敷地内を移動していた。な、何だアレ……。

中世ヨーロッパの貴族文化を彷彿《ほうふつ》とさせるような馬車が敷地内を走り、庭園らしきところでは背後に執事さんやメイドさんを控えさせた生徒たちが、優雅にティータイムを満喫していた。こ、ここって日本だよね……？

あまりにも現実味のない光景に、思わず現実逃避気味にメイドさんや執事さんの動きを観察して『学園祭でいかせないかなぁ』なんて考えてしまうほどだった。

王星学園ですら俺からすれば未知の世界だったのに、この日帝学園はさらにその上を行く場所だった。

唖然《あぜん》とする俺に気づいた神山さんが説明してくれる。

「あれは生徒に支給される馬と馬車ですわ。見ての通り、日帝学園の敷地は広いですから、生徒は基本的に何らかの乗り物で移動しているんですの」

「……」

もはや言葉が出なかった。

その後も様々な施設を案内されたが、どこもかしこも見たこともないような豪華な設備が用意されており、最初から最後まで驚きの連続だった。

こうしてすべての施設を見終わると、最後に生徒会室へ案内される。

「いかがでしたか？　これが日帝学園……通いたくなりませんか？」

もう答えが決まっているかのように訊いてくる神山さん。

でも……。

「すみません。この学校が本当にすごいことは分かったのですが、俺は王星学園から転校する気はありません」

「なっ!?」

俺の言葉に、神山さんは目を見開いた。

確かに日帝学園の設備はすごい。

王星学園も進んだ技術を取り入れて授業などを行っているが、ここにはもっとお金がかかった設備が用意されている。

もちろん、自分で勉強することが大前提ではあるが、こんな環境ならより色々なことができるだろう。

それでも、今の俺は王星学園から離れたくなかった。

佳織を始めとする、学校の皆が好きだから。

「だから、すみません」

俺がもう一度頭を下げると、神山さんは理解できないといった様子で首を振る。

「あ、あり得ませんわ……あ、も、もしかして、転入する際の待遇を気にされてるのかしら? それなら心配ないですわ。転校にかかる費用もそれから学費もすべて、我が学園が負担いたしますし、もし家から遠いのでしたら、学生寮も無料で提供いたします！　だから……」

「いえ、それでも俺の考えは変わりません」

俺が何を言っても考えを変えないと分かったのか、神山さんは苦々しい表情を浮かべた。

「くっ……こ、こんなはずでは……」

「その、お話も済んだことですし、ここら辺で失礼しますね」

俺が席を立ち、この場を後にしようとすると、神山さんは何かを思いついた様子で口を開いた。

「そ、そうですわ！　一つ、勝負をしませんか？」

「え？」

唐突な提案に俺が呆気にとられていると、神山さんは続ける。

「どうやら優夜さんは、王星学園をそれほどまでに優れた場所だと思われているようですね。さぞ素晴らしい環境に身を置いていると思っているのでしょう。ですが、所詮は平民の学び舎《まなや》……この学園には勝てませんわ！」

堂々と言い切る神山さんに、俺はついむっとしてしまう。

ここまで明確に王星学園を……皆を馬鹿にされたからだ。

「……王星学園にだって、素晴らしいところがたくさんありますよ」

俺がそう口にすると、神山さんは待ってましたと言わんばかりに笑みを浮かべた。

「であれば当然、我が学園の施設で過ごしている生徒たちに、勝つこともできますわよねえ？」

「はい？」

どうしよう、全然話が見えてこない。

すると、神山さんは余裕の微笑《ほほえ》みをこぼした。

「ですから、我が学園自慢の生徒の方々と勝負をしてほしいんですの」

「しょ、勝負？」

「ええ。ちょど今は放課後で、色々な部が活動してますわ。そこで、優夜さんには我が学園の運動部と勝負をしてもらいます」

「な、何故《なぜ》⁉」

「言ったでしょう？　王星学園がそれほどまでに優れているのであれば、優夜さんは当然我が学園の生徒たちよりもいい環境で運動だってできているはず……もし優夜さんが我が学園の生徒に負けるのであれば、王星学園の設備は大したことないと証明することになりますわ。そんな環境で優夜さんのような規格外な方が成長できるとは到底思えませんの。ですから、優夜さんのためにも我が学園が誇る運動部と勝負してもらいますわ」

「そ、そんな……」

何とか止めてもらえないか掛け合うも、神山さんは聞く耳を持たず、そのまま執事のような人に声をかけて準備を始めてしまった。

もはやめちゃくちゃな論理を押し通され、俺は神山さんに連れられる形で運動部を巡ることになるのだった。

＊＊＊

神山さんに連れられて最初に訪れたのは、野球部だった。

野球部には専用の野球場が用意されており、部員数もかなり多い。

「さ、こちらは野球部ですわ。勝負は簡単、三本勝負で我が野球部のピッチャーが投げる球を一球でもヒットにすることができれば優夜さんの勝利ですわ」

「フン。どこの誰かは知らないが……せいぜい足掻《あが》くんだな」

「い、いや、その、俺は帰らせてほしいんですけど……」

俺の言葉も空《むな》しく、いつの間にか用意されていたヘルメットとバットを渡され、逃げ場がなくなってしまった。

仕方なく俺はバッターボックスに立ち、構える。

何でこんなことになったのか分からないが、これが終われば帰れるだろうか……。

そんなことを思いつつ、ピッチャーの投球を待ち構えていると、相手は不敵な笑みを浮かべる。

「フッ……残念だが、貴様のバットが俺のボールに触れることはない――――!」

そう言って放たれたボールは、まっすぐこちらに飛んでくる。

そのボールをよく観察すると、綺麗《きれい》な回転がかかっているのが確認できた。

今まで散々いろんな相手と戦ってきたせいか、その回転からボールがどんな動きをするのかまで予測できたので、その予測を元に、俺はタイミングよくバットを振るう。

すると、バットはボールを完璧に捉え、ボールは凄《すさ》まじい勢いで吹き飛んでいく。

そして、そのボールの勢いは留まることなく、気づいた時には視認できないほど空の彼方《かなた》へ、星のように消えていった。

「「……」」

「え、えっと……終わりでいいですかね……?」

「っ! ま、まだですわ!」

＊＊＊

野球部での勝負を終えた後、続いて連れていかれたのはサッカー場で、先ほどの野球部と同じようにすでに話を聞いていたのか、サッカー部の人たちが俺のことを待ち構えていた。

「今度はＰＫ対決ですわ！」

ＰＫ対決の内容は三回勝負で、俺とサッカー部の一人が対決し、お互いにキーパーを交代しながら多くゴールを決められた方が勝利というものだった。

そして当然のようにこのサッカー部のエースらしき生徒が前に出てくる。

「へっ！　野球部に勝ったからって調子に乗るなよ？　お前はここで終わりだっ！」

そんな風に言われながら始まった対決。

最初に俺が攻め手としてボールを蹴ることになったのだが、相手のゴールキーパーを見ていると、何となくキーパーがどこに意識を向けているのか理解できてしまった。この感覚もまた、色々な戦闘を通して身に着いたものだろう。

それに『弱点看破』のスキルを使うことで、相手が苦手とするポイントにシュートを狙うことで、より確実に決めにいく。

俺はウサギ師匠との修行を思い出しながら、ボールを蹴った。

蹴ったボールはキーパーが一番意識していた方向に飛んでいく。

「へっ！　そこに来ると思ったぜ！」

キーパーが待ってましたと言わんばかりにそのコースに体を向けた瞬間、ボールは信じられないような弧を描き、キーパーが最も苦手としていたポイントへと進路を変えた。

そしてそのままボールはゴールネットを揺らす。

「なっ⁉」

ぶっつけ本番だったが、色々な経験を通じて身に着いた身体操作のおかげで、ボールもイメージ通りに動いてくれた。

「ま、まぐれだ！　どうせ次で俺が決めればいいんだからよ！」

そして攻守交替して、俺がキーパーとして構えるや否《いな》や、相手は思いっきりボールを蹴ってくる。

だが、やはりどのコースに飛んでくるのか、相手の体の動きや視線から推測することができたため、簡単にシュートを防ぐことに成功した。

「う、嘘《うそ》だろ……」

それからも俺のシュートはすべて決まり、相手のシュートはすべて防げたことで、俺の勝利が確定した。

相手には申し訳ないと思いつつ、俺も王星学園の名誉のために負けられないのだ。

とはいえ、こうして勝った以上、神山さんも文句はないだろう。

「こ、今度こそ帰して――――」

「ま、まだまだですわあああああ！」

「えええええ⁉」

神山さんはそれでも負けを認めず、その後も俺は色々な運動部と対決させられることになった。

しかし、そのすべての勝負で異世界で得た経験を駆使しながら戦い続けていると、ついにすべての運動部に勝利することができたのだった。

「そ、そんな……あり得ませんわ……」

「こ、これで俺が王星学園にいることに文句はないですよね？」

まだ終わってないと言われたらどうしようと内心ビクビクしていると、神山さんはまた何かを思いついたように声を上げた。

「そ、そうですわ！　ここまでの戦いはあくまで運動能力の勝負にすぎません！　しかし、学生の本分は勉学である以上、学力の勝負こそが一番だと思いませんこと？」

「ええ⁉」

まさか今度は勉強で勝負するというのか⁉

確かに今までの勝負では異世界での経験やレベルアップした身体能力を活《い》かすことができたものの、勉強はそうはいかない。

毎日、授業の予習復習はしてるが、苦手な科目は当然あるし、成績も学年トップというわけではないのだ。

どうしたものかと悩んでいると、不意に聞き慣れた声が聞こえてきた。

「――そこまでです、神山さん」

「なっ⁉　あ、貴女《あなた》は……！」

「佳織⁉」

声の主に視線を向けると、そこには佳織の姿が！

佳織は俺に視線を向けて微笑《ほほえ》むと、すぐに表情を引き締め、神山さんの方に向き直る。

「私は王星学園の生徒会役員であり、学園長の娘でもある宝城《ほうじょう》佳織です。我が学園の生徒から連絡を受け、優夜さんを迎えに来ました」

「あ……」

きっと亮《りょう》たちが俺が攫《さら》われたことを伝えてくれたから、佳織が来たのか！

すると、一瞬動揺していた神山さんはすぐに平静になり、不敵な笑みを浮かべる。

「あら、そうですか。ですが、今はこちらが彼を勧誘しているところですの。そこに口出しはしないでいただけます？　我々が勧誘することを止める権利はそちらにありませんよね？」

「いいえ。優夜さんは王星学園の生徒です。そう、ですよね？」

佳織が少し不安そうにこちらに視線を向けるが、俺は全力で頷《うなず》いた。

「あ、ああ。俺は日帝学園じゃなくて、王星学園がいいんです」

「……本人もこう申しています。ですから、このまま優夜さんを引き取らせていただきますね」

毅然《きぜん》とした態度でそう告げ、そのまま場を去ろうとすると、神山さんは焦《あせ》ったように声を上げた。

「ま、待ってください！　そちらの学園は優夜さんに満足いく環境を提供できていますの？」

「え？」

「確かに王星学園にも優秀な教育環境があるのでしょう。しかし、我々の学園の設備の方が優れているのは明白。そして優夜さんのような優秀な人材を育てるには、最適な環境だと言えますわ。これは個人の話ではありません。国益という観点でも、優夜さんにはしかるべき環境に身を置いていただく必要があると思いません？」

こ、国益って……ただの学生である俺に何を言ってるんだ……？

こんなめちゃくちゃな話、当然無視していいだろう。何より俺が王星学園がいいと言ってるんだ。

だが、何故《なぜ》か佳織は苦々しい表情を浮かべていた。

「それは……」

「調べたところ、そちらの学園では優夜さんは特に部活にも入っておらず、その優秀さを持て余しているように思えます。それならば我が学園で存分に才能を振るっていただく方がいいと思いませんか？」

「ちょ、ちょっと待ってください！　俺は自分の意志で部活に入ってないだけで……」

「優夜さんは黙っててくださいまし」

「ええ……？」

本人の意向は無視ですか……？

どうすればこの人は諦めてくれるんだろうか……。

俺なんか皆の助けがないと何もできない人間なのに。

しばらく神山さんと佳織が見つめ合っていると、ふと神山さんが笑みを浮かべた。

「……とはいえ、いきなりの話ではそちらも納得いかないでしょう。ですから、ひとつ勝負をしませんこと？」

「勝負？」

またここで俺が変な勝負を持ちかけられるのかと身構えていると、神山さんは続けた。

「ええ。近々そちらでは学園祭が行われますよね？」

「は、はい」

「わたくしたちも現在、学園祭に向けて準備をしていますの。そして、今年の我が校の学園祭が開催される日程は王星学園と同じ……どうです？　学園祭対決を行うというのは」

「学園祭対決？」

「ええ。同じタイミングで宣伝を始め、当日どちらの方が来場者数が多かったか競い合うのですわ。もしこの勝負で王星学園が勝つようでしたら、王星学園の魅力を認め、優夜さんに転校していただくことは諦めます。しかし、もし我々が勝利したら、優夜さんはこちらに引き渡してもらいますわ」

「なっ⁉」

「……いいでしょう」

「佳織⁉」

まさか佳織がそれを引き受けると思わず、俺は彼女の方に視線を向ける。

すると、神山さんは不敵な笑みを浮かべた。

「ふふ……では、交渉成立ですわね。勝負の結果を楽しみにしていますわ」

……こうして、まさかの学園祭対決が決定した中、俺たちは日帝学園を後にするのだった。

＊＊＊

日帝学園からの帰り道。

佳織が乗ってきた車に俺もお邪魔させてもらい、家まで送ってもらうことになった。

そこで俺は、佳織に訊《き》く。

「その……どうしてあんな勝負を引き受けたんだ？　元はと言えば俺がしっかり断れなかったのが原因だけど……」

「……神山さんの言葉にも一理あるなと思いまして」

「え？」

佳織は少し不安そうな表情を浮かべる。

「優夜さんは、ご自身が思っている以上にすごい方なんです。もちろん、私や父は優夜さんには自由に、自分の好きなことをしてもらいたいと考えてます。ただ、神山さんの言うように、優夜さんの溢《あふ》れる才能を活かしきれていないんじゃないか……そういう思いもあるんです」

「そんな……」

正直、俺がすごいのかどうかは分からない。

結局、運よく【異世界への扉】を見つけ、そこで賢者さんの遺産を引き継ぎ、今の俺があるのだから。

どれも俺の力ではなく、偶然手にしたものにすぎない。

だからこそ、俺の力を活かすも何も、佳織が心配してくれるようなことではないのだ。

「佳織」

「え？」

「俺は、皆が思ってるような大層な人間じゃないよ。でも、佳織のおかげで、今の学校生活が本当に楽しいんだ。こんな俺が、ここまで楽しく高校生活を送れるなんて思ってもみなかったから……だからこそ、俺にとって、自分の力がどうこうとかじゃなくて、皆と過ごせることの方が大切なんだよ」

「優夜さん……」

佳織が俺なんかのために変なことで悩まないように伝えたが、これが俺の本心だ。

「ま、まあともかく、神山さんもかなり強引だったし、その学園祭対決で今回のことを諦めてくれるならいいのかな？」

「そう、ですね……すみません、つい弱気になっていました」

佳織は表情を引き締めると、改めて笑みを浮かべる。

「それにしても、優夜さんにそう言ってもらえて、本当によかったです」

「こっちこそ、あの時、王星学園に誘ってくれたこと、本当に感謝してるよ」

お互いに感謝し合い、そのことがついおかしくて思わず笑い合った。

正直、学園祭がどうなるか分からないけど、勝負とか以前に、皆と楽しく過ごせればいいなと、そう思うのだった。

第三章　学園祭

地球で優夜《ゆうや》たちが学園祭の準備を進めているころ、レクシアは父親である国王・アーノルドの下を訪れていた。

「お父様！　私がユウヤ様の世界に行くことを許可してください！」

「い、いきなり何なのだ？　ユウヤ殿の……せ、世界？」

いきなりやって来るや否《いな》や、脈絡もなく強引に話を進めようとするレクシアに、アーノルドは驚く。

「ですから、私とルナをユウヤ様の住む世界に行かせてくださいと言ってるんです！」

「いや、言葉の意味がよく分からないのだが……」

「いいから許可してよ！」

「理不尽じゃないか⁉」

一刻も早く優夜の下に向かいたいレクシアは、煮え切らない態度のアーノルドに怒りをぶつけた。

その様子を黙って見ていたルナだったが、ため息を吐《つ》きながらレクシアの代わりに説明する。

「聞いた話によると、レクシア様はそろそろ王女としてルミナス皇国のオーレリア学園に通い始めるそうですね？」

「あ、ああ」

一応、立場を考えた上で、ルナは丁寧な言葉でアーノルドに告げる。

「ただ、レクシア様はそこに通うのが嫌だそうでして、より有意義な留学先を選びたいと考えているようなのです」

「ん、んん？」

話の繋《つな》がりがまだ見えず、困惑するアーノルド。

すると、少し落ち着いたレクシアが代わりに続けた。

「私としては、オーレリア学園で学ぶことなんてないと思うの」

「い、いや、そうかもしれんが、あそこに身を置くのは王女としての人脈づくりなど、勉学以外にも理由があるのだぞ？」

「だからこそよ。お父様から見て、オーレリア学園で手に入れる人脈と、ユウヤ様の世界で手に入れる人脈、どちらの方が価値があると思う？」

「……さっきから、ユウヤ殿の世界――という言葉の意味がよく分からないのだが……」

ようやくレクシアがただのワガママ話をしているわけではないことに気づいたアーノルドは、真剣な表情を浮かべた。

「お父様も、レガル国が召喚した聖女《せいじょ》が異世界の少女であることは知ってるわよね？」

「あ、ああ」

「実は、ユウヤ様も、その聖女と同じ異世界の人間なのよ」

「はあ⁉」

それはアーノルドにとって、まさに初耳のことだった。

「で、では、ユウヤ殿も異世界人だと言うのか⁉」

「ええ。それに、ユウヤ様はマイ……その聖女と違って、自由にこの世界と異世界を行き来することができるのよ」

「……」

にわかには信じられない内容に、アーノルドは絶句する。

しかしすぐに正気に戻ると、レクシアが話していた内容の意味を理解し始めた。

「つ、つまり、ユウヤ殿は異世界人であり、レクシアはユウヤ殿が暮らしている異世界に留学したいと言っているのか？」

「そういうこと！」

「い、いや、しかし……聖女召喚の件はともかく、そんな簡単に異世界の存在を認めるなど……」

「それについてだけど、私もルナも一度だけその異世界に行ったのよ！」

「はああああああ⁉」

またもや投下された爆弾に、アーノルドの思考は真っ白になった。

優夜が異世界人であることだけでも十分大きな情報だというのに、そこに合わせてこの世界と異世界を自由に行き来できる力だけでなく、レクシアたちまでもが異世界に足を踏み入れたと言っているのだ。今すぐ脳が処理できる情報量を軽く超えている。

だがそんなことを気にしていないレクシアは、無邪気に続ける。

「だから、異世界が存在することは確認済みってわけ！　それで、聖女から話を聞いた感じだと、ユウヤ様は向こうの世界で学園に通ってるそうなの。だからこそ、私もその学園に通いたいと思って、お父様に許可をもらいに来たのよ」

「そういうことか……」

何とか頭をフル回転させて話を理解したアーノルドは、深いため息を吐く。

レクシアの言葉が本当であるのなら、オーレリア学園で学ぶ以上の貴重な情報や繋がりができるのは明白だった。

悩むアーノルドに対して、レクシアはここぞと言わんばかりにプレゼンを始める。

「いい？　お父様は想像もつかないかもしれないけど、ユウヤ様たちの世界には魔法が存在しないのよ」

「何？」

「それどころか、魔物だって一匹もいないわ」

「何だと⁉」

魔物と魔法という、アーノルドにとっては存在して当たり前のものがないと聞き、目を見開く。

「そ、それならば異世界の人々はどう生活していると言うんだ？」

「それこそ、私が留学して学んでくることじゃない？」

「うっ……」

レクシアの言う通り、魔法が存在しない世界があるのだとすれば、その世界の人々が魔法の代わりに使っている技術を持ち帰り、この世界でも有効的に活用することができる可能性があった。

その際、真っ先に技術を持ち帰った国が、この世界で大きく優位に立てることは間違いない。

それに、アーノルドとしては、優夜や舞《まい》のような特殊な力を持つ存在が異世界には多くいるかもしれないと考えており、いつかその秘密も探れたらと考えていた。

「それに、異世界にはクレープが……ああ、早くあっちの世界に行きたいわ！」

「待て！　そのクレープとやらは何だ？」

「異世界のお菓子よ」

「何だ、菓子か――――」

てっきりとんでもない物かと期待したアーノルドは、すぐに興味をなくしたものの、そのリアクションをレクシアは見逃さなかった。

「ちょっと！　何よ、その反応は！　クレープの美味《おい》しさは異常なんだからね⁉」

「そ、そうなのか？」

「もちろんよ！　あれを食べたら、この世界のお菓子なんて食べられたもんじゃないわ！」

「そ、そこまで……」

実際は、この世界で流行《はや》っているお菓子も美味しいのだが、レクシアやルナからすれば、チキュウで食べたクレープは未知なるスイーツということで、美味しさに補正がかかっていた。

「それに、他にも素晴らしいお菓子があるはずよ！」

「待て、まさかそれが本当の理由だとは言わんだろうな⁉」

「本命はユウヤ様と会うことに決まってるじゃない」

「いや、そこは異世界の文化を学んでくると言うべきだろう……」

あまりにも正直に語るレクシアに、ルナは額を押さえた。

「何言ってるのよ。ユウヤ様と交友を深めることだって立派な文化交流よ！　それに、お菓子もその世界に根付く文化なんだから、問題ないじゃない！　というわけで、私たちユウヤ様の世界に留学するわね！」

「行くことが決まっているような口ぶりだな⁉」

正直、今すぐ決めるには話が大きすぎるものの、レクシアの熱意に負け、アーノルドは重い口を開く。

「……分かった。ただし、向こうの世界がどういう世界なのか、まだ分かっていないことも多い。だからこそ、ユウヤ殿に直接聞いた上で安全だと分かれば、レクシアたちの留学先をユウヤ殿が暮らす世界の学園にすることを許可しよう」

「やったあ！」

レクシアはアーノルドから許可が取れたことを喜ぶと、さっそくと言わんばかりに動き始めた。

「それじゃあユウヤ様を呼ぶために、大魔境《だいまきょう》へ向かうわね！」

「ちょ、ちょっと待て！　レクシア、危ないからお前は城で待ち、オーウェンたちを向かわせなさい！」

「嫌よ！　私も今すぐユウヤ様に会うの！」

「はぁ……こいつら、本当に国王と王女なのだろうか……」

押し問答を続ける親子を前に、ルナはため息を吐くのだった。

＊＊＊

優夜のいないところで話が進む中、優夜の周囲ではある話題が世間を賑《にぎ》わせていた。

「おい、あのＣＭ見たか？」

「見た見た！　日帝《にってい》学園の学園祭だろ？　まさか学園祭の広告をテレビで流すとはなぁ」

「さすが金持ちが通う学校なだけあるよな」

「正直、名前とかくらいしか聞いたことなかったけど、あそこまで宣伝されると気になるよな」

──そう、神山《かみやま》と優夜たちの間で決まった、学園祭対決の話題だ。

学園祭対決が決定するや否《いな》や、神山は万全を期すべく、すぐに動き出し、莫大《ばくだい》な予算を使って日帝学園の学園祭のための宣伝をあちこちに打ち出した。

その結果、本来なら一高校の学園祭などそう大きな話題を呼ぶものではないはずが、世間で異例の事態として話題となっていたのだ。

「そういえば、普通の学園祭じゃないらしいぜ？」

「そりゃあ日帝学園の学園祭なんだから、他の普通の高校とは違うだろうよ」

「いや、そういうわけじゃなくて、どうやら他の学園と競うらしいんだ」

「は？　競う？　学園祭を？　どうやって」

「んー……詳しくは分かんねぇけど、来場者数とかじゃね？」

「へぇ……ってか、どこと競うんだよ。どう考えても日帝学園の圧勝じゃね？」

「日帝学園の相手だけど、同じ日に学園祭をやる王星《おうせい》学園らしいぞ」

「今度は王星学園かよ⁉　これまたとんでもなく有名どころが出てきたな……」

「それな。ただ、さすがに超名門校の王星学園っていっても厳しいんじゃねぇかなって思うんだよ。相手は金持ちばっかの日帝学園だぜ？」

「それもそうだな。しかも王星学園に関しては学園祭のＣＭとかもしてねぇし……」

「まあなんにせよ、学園祭が始まったら行ってみようぜー」

――このように、日帝学園の学園祭についての話題が大きい中、学園祭対決についても徐々に噂《うわさ》が広まっていた。

それは一般人の間だけの話でなく、日帝学園から依頼を受けたテレビ局のワイドショーや、有名な動画配信者も動画のネタとして学園祭の話題に触れるようになったのだ。

「いやぁ、皆さん、見ました？　あのＣＭ！　まさか学園祭のＣＭがテレビで流れてくるなんて思いもしませんでしたよねぇ。それに、どうやら普通の学園祭じゃなくて、王星学園との対抗戦らしいですよ！　ですから、その日は私もどちらかの学園祭に顔を出したいと思います！　その様子は生配信する予定なので、ぜひチェックしてくださいね！」

一方、王星学園でライブをする予定の奏《かなで》も、その噂に気づいていた。

「何だか知らない間に大事になってるけど、楽しみだなぁ」

とはいえ、本人はいつもと変わらずのほほんとライブに向けて準備を進めていた。

――こうして世間に学園祭の噂が広がる中、着々とその時は近づいているのだった。

＊＊＊

——神山さんとのやり取りから数日後。

俺はヘル・フロッグから手に入れた地獄のマイクを使ってボーカル練習を欠かすことなく続け、ついに学園祭当日を迎えた。

俺が原因で決まった日帝学園との学園祭対決だが、日帝学園側の宣伝力がすごく、結果として王星学園との対決が噂として広がったからか、この学園にもとんでもない人数が集まっている。

よく見るとテレビ局はもちろんのこと、何やら実況的なことをしながら、スマホで学園祭を撮影している人など、いろんな人が見受けられた。

「す、すごいな……」

喫茶店の衣装である執事服に着替えて開店の準備を終え、調理室の窓から外の様子を見ていると、楓《かえで》が声をかけてきた。

「優夜君！」

「あ、楓！」

楓の方に視線を向けると、そこにはメイド服に身を包んだ楓が。

実は初めてメイド服や執事服の試着をした際、男女それぞれ当日まで秘密ということで、着た姿は見ることができなかったのだ。

だからこそ、今回初めて女子たちのメイド服姿を目にしたわけだが……。

「す、すごいね……似合ってるよ」

楓を含め、メイド服を着ている皆の姿に、思わずドキリとさせられた。

すると、楓は照れ臭そうに笑う。

「そ、そうかな？　それよりも、優夜君もすごく似合ってるよ！」

「あ、ありがとう」

試着の時も着慣れない執事服に戸惑ったが、浮いてないだろうか？　ひとまず楓は似合ってると言ってくれたので、素直に信じよう。

ただ、いつもより視線を多く集めてるような気もするが……やっぱり変わった衣装を着てるからだろうか……まあ喫茶店が始まればそんなことも気にならなくなるだろう。

改めて自分の格好を確認していると、楓が思い出したように訊《き》いてくる。

「そういえば、優夜君って亮《りょう》君たちと一緒にステージで何かやるんだよね？」

「うん。するよ」

「やっぱり！　それなら私も見に行くよ！」

「本当？　ありがとう」

特に宣伝とかはしていなかったが、こうして見に来てくれると言われると、やっぱり嬉《うれ》しいな。その分、頑張らないと。

「ステージと言えば、今年はどんなアーティストが来るんだろうねー」

「確かに。楽しみだね」

「うん！」

そんなことを話し合っていると、沢田《さわだ》先生がやって来た。

「おー、準備できてるみたいだなー」

そして、俺たちを見渡すと、ニヤリと笑う。

「ちなみに、売り上げがよければ来年の学園祭で手に入る予算も増えるし、私のボーナスも増えるからなー。しっかりやれよー？」

先生はそれだけ言うと、学園内の見回りがあるようで去っていった。

それを見送ると、影野《かげの》君が皆の前に立つ。

「ま、まあ先生はああ言っているが、楽しむことを大前提に頑張ろう！」

『おー！』

全員で声を上げたところで、いよいよ学園祭がスタートするのだった。

＊＊＊

「――本日はよろしくお願いしますね？　佳織《かおり》さん」

「……はい、神山さん」

学園祭がスタートして少し経《た》ったころ、王星学園に神山が訪れていた。

同じタイミングで日帝学園も学園祭が始まっているため、本来神山が王星学園にいるのはおかしい。

しかし、神山は本当に王星学園が優夜にとって相応《ふさわ》しい場所なのか直接確かめるべく、こうして視察に訪れていたのだ。

だからこそ、事前に話を聞いていた佳織が神山を出迎え、案内する。

「ふぅん……あまり王星学園は学園祭の宣伝に力を入れていたようには見えませんでしたけど、結構人が集まっていますわね？」

「……」

神山の言う通り、王星学園は日帝学園に比べて、大々的な宣伝を行ってこなかった。

というのも、日帝学園は王星学園とは異なり、数多くの上流階級の子息子女が通っていることから、宣伝に使える予算が潤沢にあった。

それに対して王星学園は、元々佳織の独断専行のような形で今回の学園祭対決が決まってしまっただけで、他の生徒からすれば例年通りの学園祭でしかなく、学園長の司《つかさ》としても特段宣伝に力を入れるようなことはしなかったのだ。

しかし、球技大会や体育祭での優夜の活躍がテレビ番組などで取り上げられたことから、すでに王星学園に対して注目が集まっており、結果的に宣伝などをせずともここまでの人数が集まっていたのである。

そうして神山を連れ、学園内を見て回っていると、一箇所、すごい人数が並んでいる教室があった。

「あ、あれは？」

あまりの人数に神山が驚き、佳織に訊《たず》ねると、佳織はその人数に驚きながら列ができている教室を使用しているクラスを思い出した。

「ここは……優夜さんのクラスですね」

「何ですって!?」

神山はつい驚きの声を上げた。

しかしすぐに正気に返ると、慌てて窓から中の様子を覗《のぞ》き込んだ。

「いらっしゃいませ。ご注文はお決まりでしょうか？」

「オーダー入りました！」

「行ってらっしゃいませ、お嬢様」

メイド服に身を包んだ楓たちや、執事姿の亮たちが忙しく働く様子が見て取れる。

「こちら、紅茶とパンケーキになりまーす！」

楓は元気に動き回り、その姿に多くの男性客が釘付《くぎづ》けに。

「えっと……サンドイッチとコーヒーだね。少し待ってな」

同じくメイド服に身を包んだ凛《りん》は、最初こそ恥ずかしそうにしていたものの、その後はいつも通りの様子でクールに接客していく。

言葉遣いは少し雑だったが、それがまたいいと男女問わず人気だった。

「……お待たせしました」

雪音《ゆきね》はほとんど表情を変えることなく淡々と接客をしているが、これもまた一部の男性客から人気が高く、女性客からもマスコット的に捉えられ、人気を集めていた。

他にも亮や慎吾《しんご》たちの執事姿も人気があり、優夜のクラスは大盛況だった。

そんな中、特に目を引くのは、同じく執事姿の優夜だった。

「おかえりなさいませ、お嬢様」

優夜はどこで身に付けたのか、神山から見ても完璧な身のこなしで接客を行っていく。

あまりにも華麗に動くため、その場にいた客全員が見惚《みと》れてしまうほどだった。

神山も優夜の動きに目を奪われたものの、すぐに正気に返る。

「ま、まさかここまでとは……」

正直、神山は王星学園のことを侮《あなど》っていた。

最近は評判で王星学園に後れを取っているとはいえ、学園祭の盛り上がりという点で日帝学園が負ける気がしなかったからだ。

潤沢な予算をふんだんに使い、どこの学校よりも豪華で華やかな学園祭を開催している自信があったからである。

しかし、執事として働く優夜の身のこなしを見て、彼一人の動きだけでその莫大《ばくだい》な予算のクオリティに匹敵するものを見せつけられてしまったのだ。

だが……。

「た、確かに中々やるようですけど、勝負の結果は変わりませんわ！」

たとえ優夜一人の実力がすごかったとしても、実質的な宣伝力に圧倒的な差が出ている以上、結果的に王星学園が日帝学園に勝つことは難しい。

ゆえに、神山は勝利を確信していた。

ただ、そんな神山も想定していなかった事態が起きた。

学園祭対決の話題をネタとして扱っていた人気動画配信者が、優夜のクラスを生配信で訪れたのである。

「はーい、次は今この学園で一番列ができているクラスに来ました！　どうやらここは、執事&メイド喫茶みたいですねー。さっそく入ってみましょう！」

「いらっしゃいませ、ご主人様」

「お、おお……」

そんな配信者を出迎えたのは、メイド服に身を包んだ楓だった。

そのあまりの可愛《かわい》らしさに、配信者は呆然《ぼうぜん》としながら席まで案内される。

しかしすぐに正気を取り戻し、店内の様子を撮影した。

「ま、まさかあんな可愛い子が接客してくれるとは思いませんでしたが……っていうか、このクラス、レベル高くないか⁉」

配信者が楓の他に凜や亮を映すと、配信のチャット欄は大きく盛り上がる。

『スゲー！』

『こんなレベル、本物の店でも見たことねぇよ……』

『ここ近いし、今から行ってみようかな？』

そんなチャット欄を眺めながら、配信者がメニューを注文すると、すぐに料理が運ばれてきた。

「おっ！　どうやら料理が届いた――」

「――お待たせしました。こちら『ふわとろオムライス』になります」

配信者は、料理を運んできた人物に目を向け、言葉を失う。

そこにいたのは執事服に身を包んだ優夜だった。

優夜は傍《はた》から見ても完璧な執事だと思えるほどに優雅な身のこなしで料理を配置していくと、綺麗《きれい》なお辞儀をする。

「では、ごゆっくり……」

「……」

「？　あ、あの、どうかしましたか？」

反応がないため、優夜が思わず声をかけると、配信者はようやく正気を取り戻した。

その際、チャット欄にはまたもとんでもない数のコメントが流れていた。

『なんかとんでもねぇイケメンキター！』

『こいつ、ちょっと前にテレビで見た気がする』

『この学園の体育祭特集の番組とかだろ？』

『この場にいる全員芸能人でもないんでしょ？』

『え、マジじゃん。ヤバ』

今までにない盛り上がりを見せているコメント欄を横目に、配信者は慌てる。

「い、いえ。その、綺麗な動きだったのでつい……」

「そ、そうですか？　そう言ってもらえると嬉しいです」

動きを褒められたことで、優夜は照れ臭そうに笑った。

「ッ⁉」

『はい、笑顔いただきました』

『目、潰れるかと思ったわ』

『めっちゃ性格好《よ》さそうよね』

すると、優夜の笑顔でまたも正気を失いかけてた配信者は、あることに気づく。

「そ、そういえば、このオムライスに何か描いてもらえるんですか？」

「え？」

配信者の言っている『描く』とは、世間一般的に知られるメイド喫茶などでよくある、オムライスにケチャップで絵や文字を描くことを指していた。

しかし、そんなことを知らない優夜は困惑する。

「その……『描く』とは……？」

「あれ？　ほら、ケチャップを使って……」

「は、はあ……この店では特にそういったことはしてないですけど……」

執事&メイド喫茶とはいえ、世間で見かけるようなタイプではなく、あくまで服装や立ち振る舞いをメイドや執事に寄せているだけのため、特にそういったサービスは考えていなかった。

ただ、配信者にそう言われたことから、優夜はもしかするとそれが普通なのかなと思い、ケチャップを手に取る。

そして優夜自身、ケチャップで何かを描くというのは面白そうだと感じていた。

「でしたら、せっかくですのでやってみましょう」

「え？　い、いいんですか？」

「ええ。ただ、その……初めてやるので下手かもしれませんけど……どうします？」

「そ、それじゃあ可愛いワンちゃんを……」

配信者のお題に対して、少しだけ考え込む優夜。

「うーん。ワンちゃんか。犬ってことだよな……俺が知っている可愛らしいワンちゃんっていえば……」

そして優夜は慣れないながらもケチャップでデフォルメした犬――ナイトを描いた。

初めてだからか、少したどたどしさはあったものの、非常に可愛らしいワンちゃんがそこにはいた。

「こ、こんな感じでいいですかね？」

『百万出そう』

『いや、一千万だ。だから俺も描いてほしい』

『この人、とんでもないイケメンな上に、可愛らしいお絵描きもできちゃうんだね。なんていうか、ギャップがすごい……！』

再度盛り上がるチャット欄。

そして、ナイトの絵を描いてもらった配信者自身は感激しつつも、その後しっかりとオムライスを味わい、その味の良さにまた驚き、最後には優夜たちのクラスをしっかり宣伝して、帰っていくのだった。

そんな生配信の効果か、優夜のシフトが終わるころには喫茶店を訪れるお客さんの数が倍増し、王星学園の学園祭はより一層賑《にぎ》やかになっていった。

どんどん勢いを増して訪れる来場者の波に、神山は愕然《がくぜん》とする。

「そ、そんな……し、白井《しらい》！　今の日帝学園の状況は⁉」

「その……多くの来訪者が王星学園に流れている状況でございます」

「こ、こうしてはいられませんわ！　今すぐ我が学園に戻ります！」

「あっ！」

勝てると思っていた来場者数による学園祭対決が予想外の展開となったため、神山たちは慌てて日帝学園へと帰っていく。

それを佳織は呆然と見送った。

「え、えっと……ひとまず優夜さんに関しては大丈夫、ですかね？」

一安心した佳織は、改めて、自身も学園祭に参加するのだった。

＊＊＊

「あ、優夜さん！」

「佳織！」

シフトを終え、制服に着替えるために更衣室へ向かう途中、俺は佳織と出会った。

「どうですか？　学園祭、楽しめてますか？」

「そう、だね……すごく楽しいよ」

俺は心の底からそう口にする。

前の学校では、学園祭を楽しめたことなんて一度もなかった。毎年、周囲から邪魔者扱いされ、まともに参加すらさせてもらえなかった。

でも今回は、初めてクラスの皆と協力して、こうして学園祭本番までやってきたのだ。

最初は変わった衣装を着ることになったり、有志でバンドを組むことになったりと、初めてのことだらけで困惑したけど、今となってはチャレンジしてみて本当によかったと思っている。

するとそんな俺の様子を察して、佳織は優しく微笑《ほほえ》んだ。

「そうですか。そう言ってもらえると、この学園に入っていただいた甲斐《かい》があります」

「あっ……そういえば、日帝学園の方はどう……？」

そもそも今回の学園祭は例年とは異なり、俺が原因で日帝学園との対抗戦になってしまったのだ。

一応、それを俺が表立って口にしたり、王星学園もそのことを大きく宣伝したりはしなかったが、日帝学園は大々的に宣伝していたので、半ば周知の事実となってしまっていた。

「そうですね……先ほどまで神山さんもいらしてたんですけど、優夜さんのクラスの盛り上がりを見て、慌ててお帰りになられましたよ？」

「え、神山さん、来てたんですか!?」

まったく気づかなかったので驚くと、佳織は少し頬を赤く染めた。

「ええ。その……優夜さんの働いてる姿、カッコよかったですよ」

「あ……」

改めて今の俺が執事服であることを思い出し、恥ずかしくなる。

何とも言えない空気が流れる中、帽子を被《かぶ》り、サングラスをかけた、明らかに変装しているような格好をした人が近づいてきた。

「あっ……！」

その人は俺たちの姿を見ると、声をこぼす。

あれ？　今の声って……。

俺は思わずその人に向かって訊《たず》ねた。

「も、もしかしてですけど……美羽《みう》さん、ですか？」

「え!?」

俺の言葉に佳織も驚き、視線を向ける。

すると、俺の言葉を受けてその人はサングラスを外した。

「あ、あはは……バレちゃいました」

「ほ、本当に美羽さんだった……」

自分で言っておいてなんだが、まさか美羽さんが学園祭に来ているとは思わず、驚いてしまう。

美羽さんは苦笑いを浮かべつつ、佳織に目を向けた。

「佳織さん、でしたよね？　お久しぶりです」

「は、はい！　お久しぶりです！　それで、その……今日は遊びにいらしたんですか？」

「いえ、実は……優夜さんのカッコいい姿を……見たくなっちゃって……」

「え、なんて？」

「え！　いや、この間、学校からの帰り道にお会いした時、優夜さんが学園祭でバンドを組むと言っていたので、ぜひ見たいなぁと……」

「ええ⁉」

まさか俺たちのステージを見るために来たとは思いもしなかったので、思わず声を上げてしまう。

「最初は優夜さんのバンド演奏だけ見にくるつもりだったんですけど、この学園祭がすごい話題になっていて、気になったのでちょっと早めに来ちゃいました」

「そう言っていただけると、とても嬉《うれ》しいですね」

王星学園の生徒会である佳織は、この学園祭を成功させるために色々と奔走していたため、こうして褒められて嬉しそうだ。

「それにしても……優夜さんのその格好、執事さんですか?」

「あっ、そ、そうですね」

「すごく似合ってますよ!」

「ほ、本当ですか?」

モデルの美羽さんから褒められると、また違った意味で嬉しいな。

つい話し込んでしまう俺たちだったが、バンド演奏まで時間がないことを思い出す。

「す、すみません! もう少しお話ししたかったんですけど。急いで着替えないとステージに間に合わないので……」

「あ、ごめんなさい! バンド演奏、頑張ってくださいね。楽しみにしてます!」

「優夜さん! 頑張ってください!」

美羽さんと佳織から声援を受けると、俺は改めて更衣室へと向かうのだった。

＊＊＊

「う、うぅ……緊張するね……」

佳織と別れた後、俺たちはバンド演奏のためにステージ裏で準備をしていた。

今回俺たちが演奏するのは体育館のステージで、さすがは王星学園、普通の学校の体育館よりもかなりデカい。

しかも、俺たちの後に同じステージで、ずっと秘密にされてきた有名アーティストが演奏するそうだ。

緞帳《どんちょう》が降りたステージに上がり、楽器の最終確認をする俺たち。

しかし本番が近づくにつれて、緊張してきた。

お、俺、人前で歌うのなんて初めてだし……大丈夫かな……。

【炎のギター】も練習してきたけど、上手《うま》く弾けるだろうか……。

ここにきて不安に駆られる俺と慎吾君。

すると、亮が苦笑いを浮かべた。

「そんな死にそうな顔すんなって！　楽しくやろうぜ！」

「そ、そうだけど……」

「こう、いざ本番が近づくとどうしても……」

「何を言ってるんだ！　僕らの晴れ舞台じゃないか！　ここは僕らの【バンドの貴公子】っぷりを見せつけるところだよ！」

「ぼ、僕は晶君《あきらくん》のそのメンタルが羨ましいよ……」

「ありがとう！」

本当に晶はどんな状況でもまったくブレないな。慎吾君の言う通り、そういう部分は見習いたいし、羨ましい。

とはいえ、俺も、楽しみなことは間違いない。

どうなるか分からないけど、今まで練習してきたことを出し切るだけだ。

ついに最終チェックを終え、俺たちが合図を出すと、ステージの緞帳が上がる。

そして、それに合わせて、俺は【炎のギター】をかき鳴らした。

異世界で手に入れたギターではあるが、何故《なぜ》か地球にあるアンプと繋《つな》ぐことができ、炎のような激しい音がスピーカーから流れる。

それに続いて、晶のドラム、亮のベース、慎吾君のキーボードが加わり、ライブがスタートした。

俺たちの演奏が始まるや否《いな》や、体育館に集まっていた生徒たちは歓声を上げてくれた。

しかもライブが始まると、体育館の外から生徒たちが次々と集まってきた。

「すげー！」

「このバンド、めっちゃカッコよくね？」

「このボーカルの声……すごく心に響くねー」

よかった……どうやら皆からの評価もそう悪くないようだ。

これまで【炎のギター】の練習に加えて【地獄のマイク】を使った特訓を続けてきた。

その中で、これ以上ないほど電流を受けまくってきたのだ。

最後の方は電流を受ける回数も減り、昨日はマイクから『**今までよく頑張りました。明日は思う存分楽しんでください**』と音声が流れてきたのだ。

その音声を聞いた時はつい泣いてしまった。俺、頑張ったなぁ……。

「優夜さん、すごい……」

「この歌声……奏さんにも引けを取らないかも……」

よく見ると、お客さんの中に佳織や美羽さんの姿を見つけることができた。二人とも楽しんでくれてるようで一安心だ。

最初はガチガチに緊張していた俺だが、だんだん肩の力が抜け、気づけば楽しく演奏することができていた。

俺たちは三曲演奏する予定で、そのまま次の曲に入ると、これまた観客は盛り上がる。

しかも二曲目は最初の曲とは違い、それぞれのメンバーのソロパートが用意された楽曲で、ちょっと緊張しつつもソロパートを弾き切った時は思わず笑みが浮かんだ。

こうして二曲目も終わるとついに最後の曲の演奏を始めることになる。

さっそくイントロの演奏に入ろうとした瞬間、不意に会場がどよめきに包まれる。

「え？」

皆が何に驚いているのか分からず困惑していると、ふと俺の隣に誰かが佇《たたず》んでいること
に気づいた。

慌ててそちらに視線を向けると、そこには見知らぬ女性が立っていたのだ。

その女性はアコースティックギターを抱えたまま、俺たちに笑みを向ける。

「ごめんごめん！　君たちの演奏が素敵で、つい出てきちゃった」

「は、はぁ……」

誰なのか分からずに困惑していると、亮と慎吾君、そして晶が同時に声を上げた。

「「「か、か、奏だあああ！」」」

「か、奏？」

その言葉に一瞬首を捻《ひね》る俺だったが、ふと最後に演奏しようとしていた曲の元々の歌手
が、奏という名前だったことを思い出す。

まさかと思いつつ女性の方に視線を向けると、その人はいたずらっ子のような笑みを浮
かべた。

「えへへ。僕は奏。今回このステージに呼ばれたアーティストってやつさ」

「え……えええええええええ⁉」

ほ、本物だった！

俺も遅れて驚いていると、奏さんは目を輝かせる。

「ねぇねぇ、最後は何を演奏するの？」

「え？　え、えっと……、実は……」

俺は最後に演奏しようとしていた曲名を奏さんに伝えた。すると……。

「嘘《うそ》、それって僕の曲じゃん！　ちょうどいいや！　一緒にやろうよ！」

「うえええええええ⁉」

まさかの提案に驚く俺たち。

しかし、そんな俺たちをよそに、奏さんはイントロのギターを弾き始めた。

そして、奏さんは俺たちに目配せをする。

それを受け、俺たちも気を引き締めると、最後の曲の演奏を始めた。

さすがは本人の歌ということもあるが、何より歌のうまさが俺なんかとは比べ物にならない。

それに加えてギターの演奏も素晴らしく、プロってすごいなと感じさせられた。

ただ、そんな奏さんと一緒に演奏したわけだが、すごく楽しむことができた。

奏さんの透き通るような歌声に聞き惚《ほ》れつつも、俺も俺なりに頑張って歌い上げることができたのだ。

最後の曲を歌い終えると、会場は一瞬静かになり、やがて大きな歓声が上がる。

「す、すげぇ！」

「奏が来てくれる学園祭とか、どんだけ豪華なんだよ！」

「皆、上手だったね！」

拍手が巻き起こる中、俺たちが演奏の余韻で呆然《ほうぜん》としていると、ふと奏さんが手を差し伸べてくる。

「いきなり乱入しちゃってごめんね？　君たちの演奏がすごくよかったから、つい入っちゃった」

「い、いえ！　こちらこそ、光栄です！」

そう言うと、奏さんはじっと俺のことを見つめる。

「あ、あの、何か……？」

「いやぁ、君、本当にすごいなぁって思ってさ。社長の言ってた通りだ！」

「社長さん？」

「あら？　聞いてない？　僕も美羽ちゃんと同じ事務所なんだよ」

「そ、そうなんですね！」

まさかそんな繋がりがあるとは思わず驚いていると、奏さんは笑みを浮かべる。

「まっ、とにかく君たちと演奏できてよかったよ。また機会があれば一緒にやろうね！」

「っ！　はい！」

俺たちは奏さんと握手をすると、そのまま退場する。

「よぉし！　盛り上がってきたし、このまま始めるよー！　皆、準備はいいー？」

そして、その流れで奏さんのステージが始まると、俺たちは今度は観客として奏さんのステージを楽しむのだった。

第四章　天界

学園祭が終わって数日後。

俺はラナエルさんがいつ迎えに来てもいいように、異世界でナイトたちと一緒に修行を続けていた。

すると、見知った気配が家に近づいてくるのを感じた。

「これは……イリスさんたちかな？」

「驚愕《きょうがく》。ユウヤ、よく分かったね」

ふと無意識に言ったことだったが、一緒に修行していたユティは、そんな俺の言葉に驚いている。

あ、あれ？　言われてみれば、どうして気配が分かったんだろう……？　『気配察知』のスキルも発動させていないし……。

思わず自分のしたことに驚いていると、俺たちの修行を見ていたオーマさんが、欠伸《あくび》をしながら教えてくれた。

『ふわぁ……ユウヤがその境地に達するほど強くなったということだろう』

「え？」

『確かにスキルはこの世界の機構として存在するが、スキルという形でなくとも当然そういった力を身に付けることはできる。今のユウヤにはそれが分かるだろう？』

「そ、そうですね」

　確かにゼノヴィスさんの強さって、この世界の法則とかから大きく外れた強さだもんね……あれを『スキル』というのは無理がある。

　ということは、本当に俺はオーマさんの言う通り、スキルがなくても近くの気配を察知できるようになったということなのだろう。

　まさか自分がそんな境地に達するとは思ってもおらず、呆然としていると、イリスさんたちが姿を現した。

「ユウヤ君、久しぶりね！」

《ちゃんと修行はしていたか？》

「ふぅ……やはり走るのは疲れるな……」

「皆さん！　お久しぶりです！　って、こうして皆さんがここに来たということは……」

「――ユーウーヤーさあああああん！」

「あ」

これもまた見知った気配が上空から近づいてくるのを感じ、視線を向けると、そこには空から降ってくるラナエルさんの姿が！

ラナエルさんは地面に直撃する前に体勢を整えると、静かに着地する。

「ラナエル、到着です！」

「あ、あははは」

相変わらず元気いっぱいなラナエルさんに苦笑いを浮かべつつ、俺は訊《き》く。

「その、こうしてイリスさんたちがこの場に来てくれたということは……」

「はい！　無事に上の次元の世界――【天界】の方で皆さまを受け入れる許可と態勢が整いましたので、お迎えに上がりました！」

《ふう――ついに虚神《うつろがみ》とやらと戦えるのだな》

「ちなみにだが、どうやって【天界】に向かうのだ？　魔法か何かを使うのか？」

オーディスさんがそう訊《たず》ねると、ラナエルさんはニヤリと笑う。

「魔法とは違いますが、【天界】への移動は一瞬ですよ？　――ほら」

「わふ⁉」

「ふご！」

ラナエルさんが指を鳴らした瞬間、俺たちのいる景色が一瞬にして変わった！

そこは空の上というのか、雲の上というのか、何とも不思議な場所だった。

周囲は夜明けのように薄暗く、上空には星が瞬《またた》き、常に流れている。

足元には雲の上のように白い靄《もや》が漂っており、地面は確認できない。

足に伝わる感覚も不思議で、その場に立っているはずなのに、宙に浮いているような……そんな錯覚に陥った。

突然の変化に驚いていると、オーディスさんが声を上げる。

「こ、これは……一体何が起きたというのだ⁉　魔力の流れも感じなかったぞ！」

「ええ。オーディスさんのおっしゃる通り、魔法ではなく、観測者様の【神威《かむい》】を使って移動したのです」

「か、神威？」

謎の単語に首を捻っていると、突如俺たちの近くに強烈な気配がいくつも現れるのを察知した。

「っ⁉」

「あ、皆さん！　あちらの方々が、観測者様たちです！」

気配の方に視線を向けると、そこには古代ローマで着られていたような、トーガを身に纏《まと》った数人の男女が立っていた。

彼らは金髪に碧眼《へきがん》で、漂う気配はどこか神々《こうごう》しく、浮世離れしたオーラを放っている。

俺を含め、全員が目の前に現れた存在に驚いていると、その集団の中心にいた女性が口を開いた。

「よく来ましたね、異なる世界の者たちよ」

その女性はこの集団の中でも特に神々しいオーラを放っていることから、何となくこの集団のリーダーなのかと推測できた。

「私は観測者の一人、デアという者です。【天界】へようこそ」

――――こうして俺たちは、観測者と邂逅《かいこう》したのだった。

＊＊＊

「――――以上が現在の我々の状況になります」

観測者の一人、デアさんの紹介を受けた後、デアさんが指を鳴らしたことで俺たちはまた別の場所に移動した。

そこには大きな円卓が、そして、その周りに椅子が並べられていた。俺たちはそこに座り、今の観測者と虚神の状況を伝えられたのだった。

デアさんの話によると、今も使徒……つまりラナエルさんのような人たちが、虚神の尖《せん》兵《へい》を相手に戦っているものの、敵の数がすさまじく、徐々に押されているらしい。

そして肝心の虚神本体はと言えば、まだ観測者さんたちもその姿を確認できていないんだとか。

「普通であれば、私たちに観測できない存在はありません。しかし、虚神は違います。たとえ私たちの力をもってしても、その存在を観測し続けるのは不可能なのです」

「その……虚神が観測できていないということですけど、本当に虚神は存在しているのでしょうか？」

「それは間違いありません。というのも、虚神の尖兵は虚神がいなければ生まれないのです。つまり、虚神の尖兵が存在している以上、その大本である虚神もどこかに身を潜めているのでしょう」

「なるほど……」

するとデアさんの説明を聞いていたウサギ師匠が、躊躇《ためら》いもなくあることを訊いた。

《一つ訊くが、もしその虚神との戦いに観測者陣営が負けると、どうなるのだ？》

「なっ⁉　貴様、我らが負けると言うか！」

あまりにもはっきりとした物言いに、周りにいた観測者の方々が殺気立つ。

しかし、デアさんがすぐに手を上げると、彼らはその殺気を収めた。

「その疑問はもっともでしょう。もし、虚神がこの戦いに勝利することになれば……この世界【天界】だけでなく、あなた方の暮らす世界も、無に帰《き》すことでしょう」

「……そんな次元の話が進んでいたなんてね……」

改めて、観測者という俺から見てすごい方々が虚神についてそう語ったことで、より虚神の危険さが伝わってきた。

「そういうわけですから、実はこの戦いは我々だけでなく、あなた方にも関係があるのです。とはいえ、虚神が強大なのも事実。戦いに参加していただくとなれば、その身の安全は保証できません。それでも私たちに手を貸してくれますか？」

デアさんがそう訊ねてくるのに対して、俺たちは顔を見合わせ、頷《うなず》いた。

「えーと。もし俺たちにできることがあ――――」

「――――やはり私は納得できません！」

すると突然、今まで黙って聞いていた観測者の一人が、そう声を上げた。

「……グェン。私は彼らの気持ちに心から感謝しているのです」

「ええ、それはもちろん分かっています。しかし、下位世界の者たちがいたところで、虚神との戦いの状況は何も変わらないと思いますがね？」

「なんですって？」

あからさまに見下した様子でそう告げる観測者の一人に、イリスさんが反応した。

だが、その観測者は特に怯《ひる》む様子もなく、むしろ見下したまま言葉を続ける。

「何か文句があるか？　私としては事実を言ったまでだ」

《黙って聞いていれば……貴様らが不甲斐《ふがい》ないから俺たちが手伝ってやると言っているのだ》

「ハッ！　お前たち程度では、虚神を相手に何の役にも立たん！」

「グェン！　そこまでにしなさい」

ヒートアップする観測者をデアさんが窘《たしな》めるが、他の観測者たちもグェンと呼ばれた観測者に同調するように声を上げた。

「いえ、デア様！　我々もグェンと同じ意見です」

「ええ。確かに我らの手が足りていないのは事実。しかし、たとえそうであったとしても、たかが下位世界の生物如《ごと》きが我らの助けになるとはとても思えません！」

「言わせておけば……ずいぶんと好き勝手に言ってくれるではないか」

ついにはオーディスさんも怒りを露《あら》わにし、完全にギスギスとした雰囲気になってしまい、俺は慌てる。

「み、皆さん、落ち着いて……」

「落ち着いてなんていられないわよ！　観測者だか何だか知らないけど、好き勝手に言ってくれて……」

《まったくだ》

「我々の力を少しは見せておくべきかもしれんな」

「え、ええ……？」

すでにやる気満々の三人に困惑すると、ユティが俺の服を引っ張る。

「無駄。『聖《せい》』は自尊心が高い。それは、それだけ鍛えてきたから」

「そ、そうかもしれないけど！」

今から共闘しようというのに、ここで争ってる場合じゃないと思うんだが……。

すると、今まで興味なさそうにしていたオーマさんが、面白そうに笑う。

『ククク……いいではないか。ここで一度、己の実力を知っておくべきじゃないか？』

「わふ」

『なっ！　おい、何故《なぜ》叩《たた》く⁉』

まるで煽《あお》るようなことを口にしたオーマさんを、ナイトが叩いて叱っていた。

しかし、そんなオーマさんの言葉を受けてか、デアさんは少し考え込むと、やがてため息を吐《つ》く。

「はぁ……仕方ありませんね。確かにお互いを知る上でも一度実力を見ておく方がいいでしょう。グェンも皆さんもそれでいいですか？」

「もちろんよ！」

「ええ、問題ありません」

「ほ、本当に戦うんですか⁉」

「諦念。諦めるしかない」

「ま、マジかよ……」

俺が何を言おうと覆《くつがえ》るような気配はなく、結局、俺たちは観測者のグェンさんと手合わせをすることになるのだった。

＊＊＊

優夜《ゆうや》たちが【天界】でグェンと勝負することになったころ、地球の日帝《にってい》学園では神山《かみやま》が頭を抱えていた。

「ま、まさか……わたくしたちの学園が負けるなんて……」

日帝学園と王星《おうせい》学園の間で行われた学園祭対決だったが、日帝学園よりも多くの来場者を集めた、王星学園の勝利で幕を閉じた。

「あれほど宣伝に力を入れたにもかかわらず、まさか……」

実際、日帝学園はありとあらゆる媒体で宣伝を打ち、まさに万全の準備を整えてきた。

もちろん宣伝だけでなく、学園祭の内容も歴代トップクラスに豪華だったと言っていい。

だが、それでも負けたのだ。

しかも、王星学園は特別な宣伝を何一つしていなかった。

ただ、運よく有名配信者による生ライブ配信がバズったことが切っ掛けで、来場者数が爆増したのだ。

何より、そのライブ配信にあの天上《てんじょう》優夜が映ったのが大きかった。

「ここまで彼に影響力があるとは……まあ実際とんでもない御仁でしたけど……」

神山は優夜のことを思い出しつつ、そう呟《つぶや》く。

そして悔しそうな表情を浮かべた。

「……今回は我が学園が負けましたが、決して諦めたわけではありませんわ！　機会があれば、必ず、貴方《あなた》を……！」

神山はそんな決意を胸にするのだった。

＊＊＊

――――ところ変わって、優夜たちが足を踏み入れた【天界】にて。

デアさんが指を鳴らした瞬間、俺たちは別の場所に移動していた。

周囲の景色こそまた変わらないが、そこには闘技場のような地面が設置されていた。恐らく俺たちはここで戦うのだろう。

すると、グェンさんが真っ先に闘技場に立ち、こちらに視線を向ける。

「私は何時《いつ》でもいいぞ」

「それじゃあ、最初は私から――――」

「何を言っている？　そこの三人、一気にかかってこい」

「は？」

まさかの発言に、俺たちが呆気《あっけ》にとられる中、観測者たちだけはそれが当然であるかのように静観していた。

「わ、私の聞き間違いかしら？　三人同時にって……」

「下位世界の生物は耳も悪いのか？　三人同時にかかってこいと言ったのだ」

見下したようにそう告げるグェンさん。

次の瞬間、イリスさん、ウサギ師匠、オーディスさんの体から、濃密な殺気が放たれる！

「……観測者がどれほど偉いのか知らないけど、その言葉、後悔するわよ」

そして、三人がグェンさんと向かい合うと、まずウサギ師匠が動いた。

《『三神歩法《さんしんほほう》』！》

それはウサギ師匠が編み出した独自の歩法で、グェンさんに急接近すると同時に、脳天目掛けてかかと落としを放った。

そして、そのウサギ師匠の攻撃に合わせて、イリスさんは素早く剣を抜き放つと……。

「『天聖斬《てんせいざん》』！」

『聖』のオーラを纏《まと》った斬撃を横薙《な》ぎに放った。

「これで終わりだ――――『滅魔《めつま》』」

さらにそこに、オーディスさんの攻撃魔法が加わり、すべてが完璧なタイミングでグェンさんに襲い掛かる。

これはさすがに観測者さんがすごい存在と言えど厳しいんじゃないだろうか……そう思っていたのだが、デアさんを含め、観測者は誰も慌てていなかった。

「これがお前たちの全力か？」

なんと、グェンさんは三人の攻撃を軽く避けてしまったのだ！

「そんな……ウサギ師匠たちの攻撃が通じないなんて……」

グェンさんの予想以上の実力に驚く俺だったが、イリスさんたちは冷静なままだった。

「ま、当然よね。むしろ今の攻撃くらいで倒れられても困るわ」

《そうだな。やはり、『聖』たちで修行した甲斐《かい》があったというものだ》

「まあ私はもう懲り懲りだがな……」

三者が冷静にそう告げたことに、グェンさんは顔をしかめる。

「何だ？　まだ本気を出してないとでも言うつもりか？」

「ええ。そのつもりよ。だから——覚悟してちょうだい」

「！」

なんと、イリスさんがそう口にした瞬間、イリスさんの体を魔力が覆った。

それはまさに俺が使っている『魔装《まそう》』と同じもののように思えた。

「イリスさん、強化魔法が使えたのか⁉」

今までの戦闘でイリスさんが魔法を使っているイメージがなかったため、そのことに俺が驚いていると、同じく魔力で身体能力を強化したウサギ師匠が飛び出す。

《本気を出していなかったのはイリスだけではないぞ》

「なっ⁉」

ウサギ師匠はそのまま空中に跳び上がると、かかと落としの要領でグェンさん目掛けて足を振り下ろした。

「何だ、そんなもの……む？」

凄《すさ》まじい勢いで振り下ろされるかかと落としでさえ、グェンさんは簡単に避けた……ように思えたが、なんとウサギ師匠の攻撃はそれで終わりではなかった。

《『蹴聖斬《しゅうせいざん》』――そう簡単に逃さん》

なんと、まるで剣聖《けんせい》であるイリスさんが放つ『天聖斬』のような斬撃が、ウサギ師匠からグェンさんに目掛けて放たれたのだ！

「私の魔法も、先ほどまでと同じだと思わぬことだな！　『滅聖魔球《めっせいまきゅう》』！」

追撃するように飛んでいくウサギ師匠の斬撃を、グェンさんが避けようとしたところに、オーディスさんの魔法が襲い掛かった。

その魔法は先ほどの放たれた『滅魔』と同じく、濃密な魔力の塊だったが、違うのはそこに『聖』の力が流れ込んでいることだった。

その魔力の塊は、放たれるや否《いな》や無数に枝分かれし、いくつかは斬撃のように、いくつかは弾丸のようにグェンさんを取り囲む。

《これで逃げ場はないぞ》

「フン。いくら手数を増やそうが、この俺を止めることなど――」

「――果たして、どうかしら？」

「！」

一瞬。

イリスさんがウサギ師匠のように力強く踏み込んだ瞬間、魔力によって強化されたイリスさんの体は、まるで消えたかと思うほどの速度を発揮し、気づいた時にはグェンさんの懐《ふところ》に潜り込んでいたのだ！

あまりの早業に驚愕《きょうがく》していると、同じく驚愕した様子のユティが口を開く。

「驚愕。三人とも、それぞれの『聖』の技を取り入れて、強くなってる」

「ええ⁉」

な、なるほど。ウサギ師匠たちはそれぞれの技を吸収し合うことで、さらに強くなったようだ。

というより、ここまでくれば勝負は決まったも同然じゃないか？

イリスさんはすでに懐に入っており、その周囲はウサギ師匠とオーディスさんの魔法によって包囲されているのだ。どう考えても逃げることはできないだろう。

そしてイリスさんたちも勝利を確信し、トドメの一撃を放つ。

が——。

「この程度か」

《なっ⁉》

グェンさんは視線を動かすことすらせず、迫りくるイリスさんの拳を片手で受け止め、そのまま彼女をウサギ師匠たちの魔法に向けて投げつけた！

イリスさんが何とか体勢を整えようとするも、グェンさんの投げる威力が強すぎて、まともに身動きが取れず、そのまま『蹴聖斬』に衝突する。

《イリス⁉》

しかも、そのままイリスさんはまっすぐ突き進み、魔法を放ったオーディスさんに激しく衝突した。

「がはっ⁉」

「くっ！」

《イリス、オーディス！》

グェンさんはその場からほとんど動くことなく、イリスさんとオーディスさんの二人を戦闘不能にしてしまうと、次の瞬間には、ウサギ師匠の背後に現れていた。

「人の心配をしてる場合か？」

《ッ⁉》

ウサギ師匠が反射的に構え、防御姿勢をとったものの、グェンさんはその防御の上から軽く殴りつける。

それだけで傍目《はため》から見ても分かるほど強烈な衝撃がウサギ師匠の体を突き抜けた！

《かはっ！》

膝から崩れ落ちるウサギ師匠。

たった数瞬の間に、三人は戦闘不能にさせられてしまったのだ。

「そ、そんな……」

「驚愕。あり得ない」

俺もユティも目の前の光景が信じられず、ただ目を疑っていると、グェンさんは心底期待外れと言わんばかりに俺たちの方を見た。

「はっ……威勢がよかったわりに、何もできなかったな？」

「ぐっ……」

「だから言ったのだ。我らの戦力が足りていないのも事実だが、神威《かむい》すら扱えない貴様らのような下位世界の生物に力を借りる必要などない。身のほどを知れ」

ウサギ師匠たちは何とか起き上がるものの、誰もグェンさんの言葉に言い返すことができない。

三人は本気で攻撃したにもかかわらず、グェンさんはまったく本気を出していないのだ。

それほどまでに『聖』の三人とグェンさんの力の差は歴然だった。

すると、グェンさんはデアさんたちに視線を向ける。

「デア様。どうですか？　これでもまだ、下位世界の生物に力を借りると言いますか？」

「……」

「彼らがたとえ虚神との戦いに参加したとしても、何もできずに滅ぶだけですよ。だから私は最初から反対しているのです」

「ですが、賢者のような例もあります」

「賢者が何です？　結局、この場に現れもしないヤツは、ただの臆病者だ。いや、そもそもヤツに我らと同じだけの力があるかどうかすら疑わしい。所詮はヤツも下位世界の生物にすぎないのですよ」

グェンさんはそう言うと、俺に視線を向ける。

「そこの人間は賢者の代わりと言いますが、何も変わりませんよ。賢者もただの雑魚《ざこ》……下位世界でふんぞり返ることしかできぬ、臆病な卑怯《ひきょう》者だ」

「――――訂正してください」

「……何？」

気づけば俺は、一歩前に出ていた。

俺の行動に、隣で黙っていたユティも驚き、こちらを見つめている。

「制止。ユウヤ、ダメ。私たちじゃ敵《かな》わない。アイツ、妙な力を操ってる」

「いや、そんなことは関係ない。グェンさん、訂正してください」

再度ハッキリとそう告げると、グェンさんは心底面倒くさそうにこちらを見た。

「何を訂正しろと？　私はただ、事実を口にしただけだろう？」

「いいえ、違います。ゼノヴィスさんは臆病でも卑怯者でもありません！」

彼は、その強大すぎる力のせいで天涯孤独のまま、生を終えた。

だが、ゼノヴィスさんは誰も知らないところで人類のため、世界のために、一人で

『邪《じゃ》』と戦ったり、宇宙戦争を終結させたりもした。

彼にとっては、普通に人間として生きることこそ、何よりも求めていたもので、そして一番手に入らないものだったのだ。

ただ普通に生きたかっただけの彼を、臆病だとか卑怯だとか言うことは、許せない。

「だから、訂正してください！」

「何故《なぜ》私が貴様のような下位世界の生物の言葉に耳を傾けねばならん？　悔しければ、私に実力を認めさせてみろ」

「……分かりました」

「ユウヤ⁉」

俺がグェンさんの言葉に頷《うなず》くと、ユティは慌てて引き留めようとする。

だが、そんなユティをオーマさんが止めた。

『まあ待て』

「っ！　で、でも、オーマさん……」

『せっかく面白いことになっているんだ。このままやらせてみろ』

「面白いって……」

だが、オーマさんは口ではそう言いつつも、ゼノヴィスさんを馬鹿にしたグェンさんを許していないようで、真剣な表情のまま言葉を続ける。

『ユウヤ。負けるなよ？』

「……はい！」

気を引き締め、俺も闘技場に上がると、まずイリスさんたちの介抱に向かう。

「ゆ、ユウヤ君……」

「後は任せてください」

そして、イリスさんたちをアカツキの下に連れていく。

「アカツキ、三人をお願いね」

「ふご！」

「ナイトとシエルも、見ててくれる？」

「わん！」

「ぴ！」

「ありがとう」

俺の家族たちに三人を預け、改めてグェンさんと向かい合った。

「はぁ……下位世界の生物はよほど頭が悪いのだな。結末は決まっているというのに……」

「……」

「まあいい。これで貴様の考えが間違っていたと思い知らせてやろう。そら、どこからでもかかってくるがいい」

すでに勝敗が分かりきっているかのように、グェンさんは興味なさそうにそう告げた。

そして、俺は『アイテムボックス』から武器を取り出す。

その瞬間、グェンさんの表情が変わった。

「貴様……何のつもりだ？」

「……」

俺が取り出したのは、ゼノヴィスさんとの修行で使った、何の変哲もない木剣だった。

グェンさんの問いを無視し、『魔装』、『聖王威《せいおうい》』、『聖邪開闢《せいじゃかいびゃく》』と、可能な限りすべての身体強化を施した俺は、静かに木剣を正眼《せいがん》に構えた。

「答えろ！　貴様、一体どういう――――」

「――――」

「っ⁉」

最初の踏み込み。

それだけで俺はグェンさんとの距離を詰め、ただ無心に木剣を振るった。

「くっ！　舐《な》めるな！」

するとグェンさんは妙なオーラを腕に纏《まと》わせ、俺の木剣を防ごうとする。

だが……。

「っ！　グェン！　それを防いではダメです！」

「なっ⁉」

俺の攻撃を防ごうとしたグェンさんに対してデアさんが慌てて声を上げるも、すでに遅かった。

俺の木剣はグェンさんのオーラを斬り裂き、そのまま腕にまで到達した。

しかし、グェンさんもオーラを斬られた段階で異常に気づき、ウサギ師匠に一瞬で距離を詰めたような特殊な力で、一瞬にして俺から距離を取った。

「な、何がどうなっている⁉」

グェンさんにとって、体に纏わせていたオーラを斬られたのはよほど信じられないことだったらしい。

この世界に来て初めて観測者さんの明確な動揺を目にしたわけだが、今の俺は別のことを考えていた。

——ああ、距離を取られてしまった。

ならどうする？

ゼノヴィスさんなら、何て言うだろう？

『距離は斬れる』

そんなめちゃくちゃな言葉が返ってくるだろうな。

思わず笑みを浮かべつつ、体は無意識にその言葉を実現しようとしていた。

「何を――――」

「ッ！」

「!?」

俺が無造作に剣を振るった瞬間、グェンさん目掛けて巨大な斬撃が飛んだ。

「な、何なんだ、コイツは!?」

グェンさんはその斬撃を避けると、両腕にオーラを纏わせ、クロスするように振るう。

すると、そのオーラが斬撃のような形で俺に襲い掛かってきた。

「――――斬る」

それでも俺がすることは変わらない。

ただ、斬る。

それだけだ。

無数に飛んでくるグェンさんのオーラを斬り裂き続けていると、あの虚竜《きょりゅう》と戦った時と同じように、徐々に視界の色が消え、周囲の音も遠ざかっていくのを感じた。

そして俺はただ目の前にいるグェンさんだけに意識を向け、その距離を詰めていく。

しかし、グェンさんもただ黙って距離を詰められるわけではなく、特殊なオーラを駆使して、あちこちに一瞬でワープするように回避していた。

「下位世界の生物の分際で、この私にここまで迫るとは……！　だが、貴様が私を捉えることは不可能だ！」

確かに、不思議な力で瞬間移動するグェンさんを捕捉するのは難しいだろう。

だが、極限まで集中した状態の今の俺は、研ぎ澄まされた感覚からか、グェンさんがどこに移動するのか無意識のうちに感じ取り、的確に攻撃を重ねていく。

「な、何ぃ⁉」

何とか俺の攻撃を防ごうとオーラを使ってあらゆる反撃を仕掛けてくるグェンさんだったが、俺はそれらすべてを斬り飛ばすと、ついに彼を追い詰め、気づけばグェンさんの喉元に木剣を突き付けているのだった。

「――――」

「はっ……はっ……ば、馬鹿な……」

息を上げ、俺の木剣を見つめるグェンさん。

視界や周囲の音が正常に戻っていくのを感じつつ、俺は静かに口を開く。

「これが、貴方《あなた》が馬鹿にした賢者さんの力です」

「な、何だと……？」

「まだ、勝負を続けますか？」

そう訊《たず》ねると、グェンさんは悔しそうな表情を浮かべ、首を横に振った。

「……いや、私の負けだ」

グェンさんが負けを認めた瞬間、拍手の音が聞こえてきた。

その方向に視線を向けると、デアさんが笑みを浮かべている。

「素晴らしいですね。これこそが、賢者の力ですか……」

「うむ……確かにグェンを倒すだけの実力があるなら、戦力としては申し分ないな」

「だが、あの三人はどうする？　今の段階では特に戦力にはならないのでは……」

「いや、我らと比べるのは酷だが、下位世界の者にしては見どころはある。神威を手に入れ、鍛えれば、尖兵《せんぺい》の相手くらいはできるだろう」

どうやら俺だけでなくイリスさんたちも観測者のお眼鏡にかなったらしい。

するとデアさんが一度手を叩《たた》いた。

「静粛に。どうやら彼らを仲間として受け入れても問題なさそうですね。ただ、このままでは虚神を相手にする戦力として心許《こころもと》ないのも事実。そこで皆さんには一度この【天界】で修行を受けてもらいます」

「修行?」

アカツキの【聖域】スキルのおかげで体力が回復したイリスさんが、訝《いぶか》しそうに首を傾《かし》げた。

「ええ。三人は自分の実力が私たち観測者のレベルに遠く達していないことを身をもって痛感したでしょう?」

「……」

《チッ……悔しいがな》

「これでも修行してきたのだがな……」

グエンさんに対してまったく手も足も出なかったことに、イリスさんたちは悔しそうに顔を歪《ゆが》めた。

「そこで、実力をつけていただくための修行も当然必要なのですが、虚神と戦う上でもう一つ、絶対に身に付けておかなければならない力があるのです」

「そ、それは？」

「これです」

そう言ってデアさんが体から発現させたのは、先ほどのグェンさんが戦いの中で使っていた、不思議なオーラだった。

そのオーラは虹色に輝いており、神々《こうごう》しく揺らめいている。

「これは【神威】と呼ばれる力です」

「神威？」

「ええ。この力こそが、先ほどグェンが使っていたモノになります。神威を使ってできることは多岐にわたり、斬撃のように攻撃として飛ばすこともできれば、何かに纏わせて強度を上げることもできる。そして自身を神威で纏えば瞬間移動して回避にも使えるなど、まさに万能とも言える力でしょう」

つまり、グェンさんの特殊な移動法もすべてこの神威という力が元になっていたらしい。

「そして、この力を用いた攻撃でなければ虚神には傷一つ付けることができません」

「なっ⁉」

「ですから、皆さんにはこの力を身に付けてもらう必要があるのです」

「そ、その……それは普通に修行して身に付くものなのでしょうか？」

「いえ、そう簡単に手に入るものではありません。なんせこの力は、本来、観測者である私たちにしか使えない力ですから。下位世界の皆さんが普通に修行するだけでは手に入れることはできないでしょう」

「ならどうすればいいんですか？」

話だけ聞いていると、とても俺たちが身に付けられるような力には思えない。

しかし、この力がないと虚神にダメージすら与えられないとは思いもしなかったので、戦いに臨む以上、必ず手に入れなければならない。さぞ厳しい修行が必要になるのだろうと考えていると――――。

「皆さんには――――人間を辞めてもらいます」

――――デアさんの口からまさかの言葉が放たれたのだった。

＊＊＊

優夜たちが【天界】で力試しをしているころ、父親の国王アーノルドから許可を得たレクシアたちは、優夜がいる世界への留学計画を進めるべく、動き出していた。

意気揚々と城の廊下を歩くレクシアに、オーウェンは不思議そうな視線を向ける。

すると、そんなオーウェンに気づいたレクシアが、さっそく命令した。

「オーウェン、大魔境《だいまきょう》に行くわよ」

「…………は？」

あまりにも突拍子のない発言に、オーウェンも固まる。

だが、レクシアは気にする様子もなく続けた。

「善は急げっていうでしょ！　一刻も早く出発するわよ！」

「ちょ、ちょっと待ってください！」

「待たないわ！　さ、早く準備するのよ！」

「ええ⁉　あっ、れ、レクシア様ぁ⁉」

「……はぁ。先が思いやられるな……」

レクシアの後ろを歩くルナのため息も虚《むな》しく、オーウェンは何も分からぬまま、大魔境に向かうことになるのだった。

＊＊＊

そして再び舞台は【天界】へ――。

「ここが我々の拠点だ」

「おぉ……」

デアさんの衝撃的な発言から少しして、俺たちは観測者さんたちの拠点にお邪魔することになった。

本来なら、デアさんたちの神威で一瞬で移動できるものの、俺たちがこの世界を少しでも見て回れるようにと、わざわざ歩いて移動するようにしてくれていた。

そんな観測者さんたちの街は、まるでかまくらのような小さな家が点々と並んでいるだけの、非常にシンプルな光景だった。

特に特徴的な建物もなければ、何か乗り物らしきものが行き来しているわけでもない。

本当にかまくらのような家が立ち並んでいるだけなのだ。

周囲の雰囲気と相まってとても幻想的だが、観測者さんたちはもっとすごい場所に住んでいるのだろうと思っていたため、少し驚いた。

すると、そんな俺の感情を読み取ってか、今回案内してくれることになったグェンさんが教えてくれる。

「お前たちからすると、質素な街に見えるだろう？」

「そ、そうですね」

「だが、それは何かを手に入れるのに労力を必要とする下位世界の者たちの視点での話だ」

「え？」

「我々は欲しいものは何でも自ら生み出すことができる。例えば……何か欲しいものを言ってみよ」

「ええ⁉」

い、いきなり欲しいものと言われても……。

な、何が欲しいだろうか。

「う、うーん……テレビとか？」

なんせ、地球の我が家にはテレビがないからね。

あ、そういえば、卵も切らしてたはずだし、卵も欲しいな。帰ったら買いに行かないと。

地球での日常生活で必要なものを思い出していると、グェンさんは俺に微妙な視線を向ける。

「何というか……下位世界の者とはいえ、妙に庶民的だな」

「そ、そうですかね？」

「まあいい。見ていろ」

そう言うと、グェンさんは右手を突き出す。

その次の瞬間、右の掌《てのひら》の上にデアさんから説明された神威が出現すると、大きく揺らめき、それは巨大な薄型テレビへと変貌したのだ！

「え、ええ⁉」

《……本当に不思議な力だな》

全員がグェンさんの力に驚く中、グェンさんは淡々と続ける。

「これが神威であり、我ら観測者の力だ。この力があるため、我らは必要なものを何でも生み出せる。ゆえに、物がいらんのだ」

「な、何でもって……まさか、人間も生み出せるって言うわけ？」

イリスさんがそう訊《き》くと、グェンさんは不思議そうに首を傾げる。

「何故《なぜ》生み出せないと思うのだ？」

「っ⁉」

「ああ、そういえば……お前たちの住むアルジェーナと地球は、どちらも我らが直接生み出した世界ではなかったな。とはいえ、この世には我ら観測者が一から生み出した世界が無数に存在している。今そこで生活を営んでいる人間たちの祖先となる大元を生み出したのは、我々のような観測者なのだ。それに、我らにはお前たちのような基本的な欲求というものが存在しない」

「それは、食欲とかですか？」

「そうだ。ゆえに娯楽も必要なければ、食事も睡眠も必要ない。繁殖行為も必要なく、仲間は神威で生み出すのみ。寿命という概念すらないからな。だからこそ、お前たちは我らのことを神と呼ぶのだろう」

「なるほど……まさに神というわけか。最初から我々が勝てる道理はなかったのだな」

オーディスさんがグェンさんとの戦いを思い返し、苦い表情を浮かべていると、イリスさんが思い出したと言わんばかりに俺に詰め寄った。

「っていうか、ユウヤ君！　貴方《あなた》、そんな神みたいな存在のコイツに勝ったのよね⁉　いつの間にあんなに強くなったの⁉」

《そういえば……いくら修行をしろと言っていたとはいえ、あそこまで強くなっているとは思わなかったぞ》

「というより、『聖』である我々の面目がないほど、強かったな」

イリスさんたちに続いて、ユティやグェンさんまでもが興味深そうに訊いてくる。

「興味。ユウヤ、あの邪教団の襲撃で過去世界に飛ばされて、こっちに帰ってきた途端、異常に強くなってた」

「そうだな。それは私も知りたいところだ。下位世界の人間でありながら、何故あそこまでの力を手に入れられたのだ？」

「え、えっと……話すと長くなるんですけど……」

俺は改めて自分が過去世界で経験したことを話した。

前にラナエルさんからも簡単に説明をしてもらってはいたが、賢者さんと一緒に虚竜を討伐したことなどは、すでに世界から情報が消されていることもあり、その説明が難しいので黙っていたのだ。

しかし、今度はそこも含めて打ち明けると、全員唖然《あぜん》としていた。

「け、賢者と出会ったとは……」

「し、しかも、修行をつけてもらったって……」

『……創世竜《そうせいりゅう》が二体だっただと？　まさか、我の記憶までも操作されているとは……』

それぞれが別の問題にショックを受けている中、グェンさんも大きな衝撃を受けていた。

「お、お前の言う賢者とは、それほどの者なのか……？」

「はい。俺が虚竜やグェンさんを倒せたのも、全部賢者……ゼノヴィスさんのおかげです」

「……」

グェンさんからすれば、とても信じられることではないだろう。

先ほどの神威を見せてもらった今、観測者が神と呼ばれている理由も理解できる。

そんな観測者たちと同等以上の力を持つ存在が下位世界にいるなんて、とても信じられないのだろう。

「その……直接会ったんで分かりますけど、ゼノヴィスさんに関してはあれこれ考えるだけ無駄な気がしますね……」

「驚愕《きょうがく》。ユウヤがそこまで言うなんて……ね？」

「わふ」

「ふご？」

「ぴ！」

ユティに訊かれ、頷《うなず》くナイトたち。

「ともかく、ゼノヴィスさんはすごい人ですよ」

「ううむ……それならばなおさら我らに力を貸せばよいものを……」

まあグェンさんたちからすれば、賢者さんの力を借りられないのは痛いだろうな。

「……もちろんゼノヴィスさんほどとはいかないですけど、俺たちも頑張りますので！」

「……いや、ユウヤ殿に否はない。他の者たちはともかく、ユウヤ殿の力を借りられるだけでも大きいからな」

「何かいちいち引っかかる言い方じゃない？」

「我らは実力がある者には敬意を示す。ゆえに、事実を口にしたまでだ」

「……絶対にぎゃふんと言わせてやるんだから」

グェンさんの言葉に対してイリスさんが負けん気を燃やす中、ふとオーディスさんが気になることを訊く。

「そういえば……貴殿らのリーダーであるデア殿は、我らに人間を辞めるように言っていたが、それは神威を身に付けるためのものなのか？　もしくは、我らも貴殿のように観測者のような存在になるのか？」

た、確かに、俺たちが神威を身に付けたとして、グェンさんのように扱えるのだとしたら……とんでもないことになる。

まず、日用品には困らなくなるだろう。なくなったら生み出せばいいんだし。

それに、あの口ぶりだと食材も生み出せるだろうし、本当に外に出なくても生きていけるわけだ。

……なんか思考回路が庶民臭いが、そこは気にしてはいけない。

ともかく、人間には荷が重すぎる力を手に入れられる可能性があるのだ。

するとグェンさんは首を横に振る。

「いや、さすがに今回の修行で神威を手に入れたとしても、我々のような観測者の力は手に入らない」

「そうなんですか？」

「ああ。いくら人の身を逸脱したとしても、下位世界の存在であることに変わりはない。ゆえに、下位世界の法則から逃れることはできん。しかし、それでも虚神に傷を負わせるだけの神威を身に付けることはできる」

「なるほど……」

グェンさんたちほど応用の利く力ではないが、戦力として使える力が身に付くというわけだな。

っていうか、今更だが、俺ってステータス上は人間ではなく、超越種っていう謎の種族なんだよな。

すでに人間を辞めてる気もするが、今回の修行で本格的に人間を辞めることになるとはな……。

しばらく街中を歩いていると、一つの家にたどり着く。

「ここがお前たちに使ってもらう家だ」

そこは周囲にあるものと同じく、真っ白な家だった。

手で触れてみると、不思議な感触がする。

しかも、外観は小さく見えたのに、いざ入ってみると中の空間はかなり広く、しかも人数分の部屋まで用意されていた。これも神威による特殊な空間なんだろう。

ふと『鑑別』スキルを発動させてみるが、何も表示されなかった。

「言っておくが、この世界でお前たちの世界の法則が通用するとは思わぬことだな」

「は、はい」

どうやら俺がスキルを使ったことが分かったようで、釘《くぎ》を刺されてしまった。

「とはいえ、自分自身に作用する法則は使えるだろう。それはお前たちの体に刻まれたものだからな」

そうか。だから『聖邪開闢』とか『魔装』は発動できたわけか。

それぞれが家の中を見て回っていると、グェンさんが声をかけてくる。

「明日、お前たちには人間を辞めるための試練を受けてもらうつもりだ。ちなみに、この世界でどれだけ過ごそうが、お前たちが老化することはなく、現在の状態のまま成長することができる。それだけお前たちの世界と【天界】では時の流れも肉体にかかる負荷も違うのだ。そして、もし無事に虚神との戦いに勝利することができれば、お前たちがこちらにやってきた時間に戻してやろう」

「それはありがたいですね」

時間の流れが違うことはラナエルさんとの再会でも分かっていたが、改めて説明されて安心した。虚神に勝てても元の世界に戻ったら百年後だった、とか、笑えないからね。

「ともかく、明日に備えて今日はもう休め。ではな」

それだけ告げると、グェンさんは去っていく。

「な、何て言うか……本当に事務的な人ですね」

「ま、馴れ合いに来たわけじゃないし、いいんじゃない？」

「そ、そりゃそうですけど……」

《肉体の老化が止まるという話だったが、どうやら腹も空かんようだな》

「あ、言われてみれば……」

先ほどの戦闘でかなり動いたので、小腹が空いていてもおかしくないのだが、満たされた状態というのか、特に空腹感は感じておらず、このまま食事をしなくても問題なさそうだった。

「これは、睡眠も果たして必要なのだろうか？」

オーディスさんがそう口にすると、この世界に来てからもマイペースに寝ていたオーマさんが、口を開く。

『ふわぁ……寝たければ眠れるぞ。ヤツの言う通り、明日は色々あるのだろう？　今はあれこれ考えるより、休むことに専念すべきだと思うがな』

「わふ……」

「ふご」

「ぴ」

ナイトたちは呆《あき》れたようにオーマさんを見つめるが、オーマさんは気にすることなく再び眠ってしまった。

「ま、まあオーマさん自身はともかく、言ってることは正しいと思うので、ひとまず休みましょうか」

「肯定。部屋、見てみる」

「そうだね」

「提案。ユウヤ」

「え？」

このまま、各々《おのおの》の部屋で休むのかと思っていると、ユティが真面目な表情で告げる。

「休息。眠気は特にないけど、休息は必要。だから、ユウヤのお風呂《ふろ》を使わせて」

「お風呂⁉」

「あら、ユウヤ君、そんな便利なアイテムを持ってるのね！　だったら……せっかくだし、使わせてもらいましょ」

まさかの展開に驚く中、あれよあれよと皆で寝る前にお風呂に入ることになるのだった。

＊＊＊

「――――こうしてユティちゃんと二人だけで一緒に過ごすのは初めてね」

「肯定」

優夜に風呂を用意してもらったユティは、一番風呂は女性陣からということで、イリスと一緒に風呂に入っていた。

元々、優夜の家に住むようになり、そこで習慣的に風呂に入るようになったユティは、いつの間にか風呂というものが好きになっていたのだ。

ゆっくりとくつろぐユティを見て、イリスは微笑《ほほえ》むと、少し寂しそうな表情を浮かべる。

「……ここに、彼女もいれば、もっとよかったんでしょうけどね」

「……」

イリスが、ユティの師匠だった『弓聖《きゅうせい》』のことを言っているのだと、ユティにはすぐに分かった。

するとイリスは、ユティに頭を下げる。

「ごめんなさい。貴女《あなた》の師匠が大変だった時、私たちは何もできなかった。だから貴女は――」

「制止。それ以上はいい」

ユティは静かにそう口にする。

「無駄。師匠は死んで、私は世界を滅ぼそうとした。何を言おうと、過去は変わらない」

「……」

ユティの言う通り、ここでイリスが謝ったところでユティの師匠は戻ってこないし、ユティ自身もまた、己の過《あやま》ちを取り消すことはできないのだ。

ただ――。

「変化。前は師匠を見捨てたこの世界に復讐《ふくしゅう》しようと思っていた。でも、そんな私をユウヤは受け止めてくれた。確かにまだ心は辛《つら》いし、師匠を裏切った連中は許せない。でも……今はそんな人間たちだけじゃないって、知ってるから。大丈夫」

「……そっか」

まっすぐ前を向くユティに、イリスは優しく微笑んだ。

「よし！　それじゃあ、お姉さんがユティちゃんの背中を流してあげるわね！」

「希望。お願いする。私もイリスの背中、流す」

——こうしてユティたちは、親睦を深めながら楽しく風呂を楽しむのだった。

＊＊＊

一方、イリスたちの後に入浴した優夜たちだったが……。

《……》

「……」

「わふ……」

「ふご～」

「ぴぃ～」

——そこには何とも言えない空気が流れていた。

ウサギもオーディスも湯舟に浸かり、黙ったまま、身動き一つしない。

「……」

《……》

この状況に優夜はいたたまれず、ついに口を開いた。

「あ、あの……お二人の背中、流しましょうか……？」

《ん？　気を遣わなくてもいいぞ》

「い、いえ。ナイトたちも洗いますし、どうせなら……」

《そうか……ならば頼もう》

「そうだな。私もお願いしよう」

こんな感じで、ぎこちないながらも親睦を深めた優夜たちは、風呂から上がるとそれぞれ部屋を選び、明日に備えて体を休めるのだった。

第五章　己との戦い

翌日。

家の前まで迎えに来たグェンさんは、俺たちが集まるや否《いな》や、指を鳴らした。その瞬間、景色が一瞬で変わった。

今までいた空間が空と宇宙の境界線のような曖昧な光景だったのに対して、今俺たちがやってきた空間には、宇宙の真ん中に放り出されたかのような景色が広がっていた。

ただ、メルルと一緒に移動した実際の宇宙空間と違い、あちこちに神威《かむい》のような虹色のオーラがまるでオーロラのように浮かんでおり、銀河が無数に瞬《またた》いているように見える。

思わずその景色に見惚《みと》れていると、グェンさんが神妙な表情を浮かべた。

「ここが、試練の世界だ。ここでお前たちは試練を受け、それを乗り越えることで、神威を手にすることができる」

「な、なるほど……」

「では、行くぞ」

「安心するといい。今回の試練に、命の危険はない」

「そうなんですか？」

てっきり、死にそうにならなきゃ神威は手に入らないのかと思っていたんだが……。

全員が困惑する中、グェンさんはニヤリと笑った。

「ただし、一度試練を始めると、途中で辞めることができない」

「え？」

「昨日も説明したが、ここ【天界】ではお前たちの肉体の老化が止まる。それに、食欲なども感じなかっただろう」

「た、確かに、昨日は貴方《あなた》に言われたから休んだけど、空腹感どころか眠気すら感じなかったわ」

「そうだ。一度、試練を始めれば、それを乗り越えるまで、永遠に試練の世界に囚《とら》われることになる。さて、最後に訊《き》いておこう。ここまで聞いてもなお、試練を受けるか？」

「「……」」

俺たちは顔を見合わせると、グェンさんに向けて頷《うなず》いた。

「はい！」

「肯定。強くなれるなら、何でもやる」

「私も。やられっ放しは性に合わないしね」

《まったくだ。その神威とやらを身に付けたら、今度こそ叩《たた》きのめしてやる》

「まあ私はさほどそこに関してこだわりはないが……未知なる力を前に、私の好奇心を抑えることはできんよ」

それぞれ理由は違うが、皆やる気十分だった。

すると、ナイトたちも声を上げる。

「わふ！　わん、わん！」

「ふご。ぶひ！」

「ぴぃ！」

「え？　な、ナイトたちも受けるのか？」

まさかナイトたちまで試練に参加する意思を見せるとは思ってもいなかったので驚いていると、グェンさんは頷く。

「受けたければ受けるがいい。後悔しなければの話だがな」

「わん！」

どこか挑発的なグェンさんの言葉に、ナイトは力強く頷いた。

『フン。ならば我はこの場に留まり、お前たちを寝て待つまでだ』

「あ、オーマさんは試練、受けないんですか？」

『必要ないからな』

「あ、あははは」

どこまでもマイペースなオーマさんに、俺は苦笑いを浮かべた。

ま、まあオーマさんは創世竜《そうせいりゅう》というとんでもない存在だし、もしかしたら俺が知らないだけで実は神威のような力を使えるのかもしれない。

そういう意味では、ゼノヴィスさんも神威を使えたんだろうか？

神威を手に入れるには人間を辞める必要があるということだったはずだが……いや、ゼノヴィスさんなら特に何もしなくてもしれっと神威を使いそうだな。

少し思考が脱線したが、ひとまず試練を受けるメンバーが決まった。

それをグェンさんが確認すると、彼は指を鳴らす。

その瞬間、俺たちの前にブラックホールのような巨大な黒い渦が出現した。

「これは……」

「では、試練を始める。最後の忠告だが、試練を始めればそれを乗り越えるまで向こうの世界から戻ってくることはできない。覚悟はいいか？」

「……はい」

「では——試練開始だ」

グェンさんの合図とともに、俺たちの体は黒い渦へと吸い込まれていくのだった。

＊＊＊

「っ⁉　こ、ここは……」

黒い渦に吸い込まれた俺は、一瞬だけ視界がブラックアウトしたものの、次の瞬間、また新しい景色に包まれていた。

そこは空も地面も何もない真っ黒な空間。

しかも、変化したのは環境だけではなかった。

「って、あれ⁉　この服は……⁉　それに、この体は……！」

何故か俺はそれまでの鎧姿《よろいすがた》ではなくなっており、王星《おうせい》学園に編入する前にいた学校の制服を身に纏《まと》っていた。

しかも……いつの間にか俺の体格はレベルアップ前の姿に戻っていたのだ。

「ど、どうして……」

俺自身のこともそうだが、この空間自体も不思議だった。

一見、真っ暗闇の世界に放り込まれたのかと錯覚しそうになったが、俺の体は鮮明に見下ろせるので、普通の暗闇とは違うらしい。

「い、一体、何が起きてるんだ？」

『――これが試練だ』

「っ⁉」

パニック状態の俺に、ふと声がかかった。

その方向に慌てて視線を向けた俺は、そこにいた人物を前に絶句する。

「な、何で――何で、俺が……⁉」

そこに立っていたのは、血戦鬼《けっせんき》の鎧に身を包んだ、レベルアップ後の俺だった。

呆然《ぼうぜん》と立ち尽くす俺に対して、目の前の俺らしき人物は不敵な笑みを浮かべる。

『変なことを言うな？　俺はお前じゃない』

『今の姿が本当のお前だろう?』

「え?」

「っ!」

嘲笑《あざわら》うように告げられたその言葉は、俺の心に深く突き刺さった。

しかし、相手はそんな俺のことを気にもせず、話し続ける。

『さて、試練について話そうか。そんなに難しい話じゃない。お前が俺と戦って勝てばそれで試練はクリアだ。どうだ、簡単だろう?』

「それは……」

『さ、説明も済んだ。とっとと試練を始めるぞ』

「え——」

一瞬だった。

俺の腹に、穴が開いた。

「ごぼっ」

何をされたのか、まったく分からなかった。

気づけば腹に穴が開いており、俺はその場に崩れ落ちる。

すると、霞《かす》む視界の中、レベルアップ後の俺はつまらなそうに言葉を紡《つむ》ぐ。

『おいおい、弱すぎじゃねぇか？』
そんな相手の手には、【絶槍《ぜっそう》】が握られていたのだ。
『そんなんじゃ試練をクリアするなんて不可能だぜ？　なあ？』
何か相手が口にしているが、もはや俺の意識は朧気《おぼろげ》で、まともに頭が働かない。
このままここで死ぬのかと思っていた矢先、急に意識がはっきりと戻ってきた。
「――――え？　な、何で……⁉」
しかも、気づけば空いていた腹の穴も一瞬で完璧に塞がっていたのだ。
訳も分からず混乱する俺に相手は教えてくる。
『ここに来る前に聞いてなかったか？　この世界じゃ、お前は死ぬことはないってな』
「あ……」
『ほら、理解したなら続きだ。サービスだ、待っててやるから攻撃してこいよ』
相手は俺のことを完全に見下している。
俺は何とか立ち上がると、『アイテムボックス』から【全剣《ぜんけん》】を取り出そうとした。
だが――――。
「な、何で⁉」
――――【全剣】どころか、『アイテムボックス』すら発現しなかった。

どれだけ念じても、何も出てこない。

すると、相手は堪《こら》え切れないといった様子で噴き出した。

『ぷっ……あはははは！　出てくるわけねぇだろ⁉』

「え……」

『おいおい、その力は元々誰のものだよ？　お前のものか？　違うだろ。全部賢者のおかげで手に入れられた力だろ？』

「あ……」

『すごい称号も！　すごいスキルも！　全部！　お前のものじゃない。それらは全部、賢者のおかげで手に入ったものだ。お前の力なんて、何一つ存在しないんだよ』

「――――」

俺は何も言い返すことができなかった。

今まで異世界で戦ってこられたのも、現実世界で虐《いじ》められなくなったのも、すべて俺の力によるものじゃない。

賢者さんが譲ってくれた遺産があったから、できたことなのだ。

何も言えず立ち尽くす俺に、相手は嗜虐《しぎゃく》的な笑みを浮かべた。

『なぁ、お前が来ねぇんなら――――こっちからいくぜ？』

「っ――⁉」

　そして気づけば、俺の右腕が飛んでいた。

「ああああああああああ！」

『ははははは！　お前でも案山子《かかし》にはなれるんじゃねぇか！　なあ⁉』

　あまりの痛さに絶叫する俺を、相手はただ嘲笑う。

　だが、この空間はその痛みで気絶することすら許してくれない。

　どんなに苦しい痛みでさえも、少ししたら一瞬で回復してしまうのだ。

「あ、ああ……」

『さて、まだまだこれからだ。使ってない武器はたくさんあるからよぉ……たっぷり楽しませてくれよ』

　――そこからが本当の地獄の始まりだった。

【絶槍】で体の至る部位を貫かれ、【全剣】で四肢を面白半分に斬り飛ばされる。

【無弓《むきゅう》】でじわじわいたぶるように追い詰められ、雨のように降り注ぐ矢が全身に突き刺さった俺はハリネズミのようになった。

【無限の籠手】で殴られれば、何もできず、ただ延々と痛みが続き、【世界打ち】で叩かれた瞬間、体は木っ端微塵《こばみじん》になる。

どれだけ叫んでも、相手は決して攻撃を止《や》めない。

まるで俺が今まで使ってきた力を、そのまま俺にぶつけるかのように。

ボロ雑巾のように転がる俺に対して、相手は心底つまらなそうに告げる。

『おいおい、マジで何もできねぇじゃん。そりゃそうか。元々何もできないただの無能だったもんな？』

「うう……」

『ただ、俺も少しは同情してるんだぜ？　お前は自分を変えようと努力してきた。でも結局何も変わらなかった。どれだけ努力しても、何も変わらなかった。なんでだろうなぁ？　もしかして、呪われてるとか？　ハハ！』

――なんでかなんて、俺が訊《き》きたかった。

相手の言う通り、俺は自分にできることをがむしゃらにやり続けてきたつもりだ。

それでも俺の体には何の変化もなかったのだ。

筋肉も体力もまるでつかないこの体。

何もしてないのに周囲から避けられ、疎《うと》まれ、蔑まれる毎日。

……一体、俺はどうすればよかったんだ？

本当に何かに呪われてるのか？　だとしたらどうして？　何で俺なんだ？

『それに比べて、俺を見てみろよ！』

何も持っていない俺に、まるで見せつけるかのように両腕を広げ、相手はあらゆる力を体から解放してみせる。

それは『魔装《まそう》』や『聖王威《せいおうい》』、『聖邪開闢《せいじゃかいびゃく》』といった今まで俺が身に付けてきた力のすべてだった。

その上……。

『ほら、見ろよ。これがお前の求めてた……神威だ』

今まで使ってきた力に加え、相手は神威まで身に纏ったのだ。

『どうだ？　俺はお前と違って何でもできる。これでもまだ、俺とお前が同じ存在だって言えるか？　言えねぇよなぁ⁉　アハハハハハ！』

ひとしきり笑った相手は、ふといいことを思いついたといった様子で手を打つ。

『そうだ！　ここでお前を完全に消滅させて、俺が本当の天上優夜《てんじょうゆうや》になってやるよ。その方が世界のためにもいいと思わねぇか？』

相手の言葉を否定したかったが、そのための言葉は俺の口から出なかった。

それは心のどこかで認めてしまっているから。

この俺ではなく、目の前にいる相手の方が世界に相応《ふさわ》しいと。

何もできない俺がいたって、世界には何のメリットもない。

でも、目の前の俺なら、何でもできるんだ。

それこそ世界を救うことさえも。

『おいおい、考えてみればみるほどいいじゃねえか！　何でもできるこの俺なら、この空間を抜け出すことだって不可能じゃねぇはずだ。ククク……まさに天啓ってやつだな』

「……」

『そういうわけだ。お前は安心して消滅していいんだぜ？　お前の代わりに俺が、世界でも何でも救ってやるからよ』

楽し気に笑う相手。

すると、相手はさらに何かを思いつく。

『そうだ、俺がお前と入れ替わったら、世界を支配するのも悪くねぇな！　だって俺、それだけの力があるんだからよ！』

「な、何を……」

俺は男の言葉に、目を見開いた。

『何驚いてんだよ。優秀な人間が、下等生物を支配する。当然じゃねぇか』

「そんなこと、ダメだ……」

『あ？　誰に口答えしてんだよ』

「がっ⁉」

あらゆる強化をその身に施した状態の相手に腹を蹴り抜かれた。

その威力で俺の体は爆散するが、数瞬後、体はまた元通りになる。

そして、元通りになった俺の頭を、相手は強化を解いて踏みつけた。

「ぐっ⁉」

『あのさぁ、誰よりも下等な存在のお前が、何口答えしてんだよ。お前に権利なんて何もねぇ。俺こそがすべてだ』

「くっ……そ、そんなことない……」

『……腹立つなぁ、お前』

表情から感情が抜け落ちると、相手は俺を踏みつける力を強くする。

「ぐぅ！」

『そうだ……下等生物の分際で俺に楯突《たてつ》いた罰として、お前と入れ替わった後、お前の大切なもの、ぐちゃぐちゃにしてやるよ』

「なっ……⁉」

『あの犬っころも豚も鳥もトカゲも、それにお前の通う学校の連中も、ぜぇんぶぐちゃぐちゃちゃにして殺してやるよ！』

「や、やめろ！」

『だーかーら――……俺に指図してんじゃねぇよ！』

「がはっ！」

『こりゃあもう、お前の大切なもの、ぐちゃぐちゃにするので決定だな。いや、お前もどうせここで死ぬんだし、一緒に大切なものも送ってやるって考えたら、罰じゃなくてむしろご褒美《ほうび》じゃね？　アハハハハ！』

無邪気に笑う男を、何とか止めようと藻掻くが、無力な俺には何もできなかった。

「う、くっ……！」

『あーもう、足掻《あが》くな足掻くな。面倒くせぇ……』

心底面倒くさそうに口にした男は、俺の頭から足をどけると【全剣】を取り出す。

そして、神威を含めたすべての力を再び解放した。

『これ以上、お前みたいな無能の相手をするのも疲れた。ってなわけで……死ね』

無表情のまま、振り下ろされる【全剣】。

すると今まで反応すらできていなかったその一撃が、とてもゆっくりに見えた。

それと同時に俺の脳裏を今までの記憶が駆け巡る。これが走馬灯ってヤツなんだろう。

思い返せば【異世界の扉】を見つけるまで、俺は本当に何の取柄もない存在だった。

それが異世界に足を踏み入れ、ゼノヴィスさんの遺産を受け継いだことで、一気に人生が変わったのだ。

賢者さんから貰《もら》ったものがなければ、俺は元々何もできない存在なのだ。

だから目の前の相手が俺と入れ替わると言われても、何もできない俺より何でもできる男の方が世界にとってもいいと分かっているから、言い返すことさえできない。

そんな何もできない俺でも、絶対に引けないことがある。

目の前の男は俺の大切なものを壊すと言ったのだ。

俺はどうなっても構わない。

俺のすべてを賭《と》してでも、俺の大切な人たちは守りたいんだ。

こんなにも無力であることが悔しいなんて……。

何もできない中、俺はただ迫りくる刃《やいば》を睨《にら》みつける。

その瞬間だった。

『ん？　なっ⁉』

かった。

【全剣】の刃が俺の首に触れた瞬間、刃が何かに弾《はじ》かれたのだ！

『な、何が起きた⁉　どうして【全剣】が弾かれる！』

男の言う通り、すべてのものを斬り裂くとされる【全剣】が弾かれるなど、考えられなかった。

相手は何度も俺に【全剣】を振るうが、何故《なぜ》かすべて俺の体に触れる前に弾かれた。

そのあり得ない光景に呆然《ぼうぜん》としていると、俺はふと自分の体から何かのオーラが微《かす》かに放出されている感覚に気づいた。

それは魔力でもなければ『聖《せい》』や『邪《じゃ》』の力でも、あの神威ですらない。

俺の体を見下ろすと、全身を濃い紫色の禍々《まがまが》しいオーラが包み込んでいたのだ。

「こ、これって……」

『なんだ、その力は！　言え！』

男が激しい口調でそう訊《き》いてくるが、俺自身、何が何だかさっぱり分からなかった。

こんな力、俺は見たこともないのだ。

揺らめく紫のオーラはゾッとするほど妖しく、それでいて禍々しい気配を放っている。

まったく身に覚えのない力に驚いてしまうが、それ以上に気になることがあった。

「体が……軽くなってる……⁉」

このオーラが放出されてから、俺の体が心なしか軽くなってるように感じたのだ。

それは魔力で強化されたような感覚ではなく、純粋に体の重量が減っているような――。

未知の状況に呆然とする中、男は苦々しい表情を浮かべた。

『あり得ねぇ。お前の力は、何もかも賢者からの貰い物だ。だからこの空間にいるお前には何の力もない。そのはずだ！　それなのに、その力は何だと言うんだ！　生まれつきの力とでも言うのか！』

「……」

色々と口にする男を横目に、俺はこの紫のオーラを見つめていた。

この力の正体が何なのかはまったく分からない。

でも、何故か力の使い方は理解できた。

まるで長年俺が使ってきた能力であるかの如《ごと》く、手足のように動かせるのだ。

どうやらこのオーラは、魔力などと同じく自分自身を強化するだけでなく、何かを形作ることもできるらしい。

紫のオーラを確かめていた俺は、無意識のうちにそのオーラで剣を形作っていた。

そんな俺に対して、男は余裕を取り戻したように言葉を放つ。

『はっ！　その妙な剣で俺とやり合おうってか？　本気で勝てるつもりかよ？』

「……」

この力が何なのかは分からないが、神威を含めたあらゆる力で強化された男を倒すのは難しいだろう。

たとえ謎のオーラで強化されてるとはいえ、その差は歴然に違いない。

だが……。

「たとえどうなろうと、俺はお前を止める」

『あーそうですか。なら、サクッと殺して予定通りお前の大切なもの、めちゃくちゃにしてやるよッ！』

「！」

男はそう言い終わるや否《いな》や、一瞬にして【絶槍】を取り出すと、全力で俺に投げつけた。

この空間に来て、何度も体を貫かれたその槍《やり》が再び迫りくる。

本当はすごく怖い。

でも、それ以上に俺の大切な人たちが傷つく方が怖いのだ。

すると俺の無意識下で、紫のオーラが両眼に宿る。

その瞬間、迫りくる【絶槍】がゆっくりになった。

「はあああああ！」
その機を逃さず、俺はオーラの剣で受け止め、【絶槍】で貫かれる前に衝撃を逃がす。
だがその隙を突いて、相手が斬りかかってきた。
『お前が俺に勝つなんて不可能なんだよ、バアアアアアアアアアカ！』
勝ち誇った笑みを浮かべる男。
確かに男の言う通り、俺が勝つなんて不可能だろう。
そんな時、俺の脳裏にゼノヴィスさんの姿が浮かぶ。
俺が異世界に来て、人生を変える切っ掛けとなった偉大な人。
もしゼノヴィスさんがこの場にいたら、何て言う？
――――そんなの決まってる。

「不可能なんて、斬ればいい――――！」

俺が縋《すが》ったのは、ゼノヴィスさんから学んだ『無為の一撃』だった。
一瞬にして極限の集中状態に入った俺は、オーラの剣で男の【全剣】を斬り裂く。
『な、何……!?』

――確かに【全剣】は、すべてを斬り裂くことができる。だが、そんなことは鍛え抜いた技術があれば簡単にできるのだ。

ゼノヴィスさんは確かにそう言った。

……ああ、そうか。

確かに、俺の身体能力はいわゆる貰い物のようなものだろう。

だが、過去世界で賢者さんと一緒に木剣を振り続けた時間は、間違いなく俺のものだ。

賢者さんとの修行は、スキルなんて関係ない、まさに技術を極めるためのものだった。

だからこの技術と経験は、貰い物なんかじゃない。俺のものなんだ。

俺は【全剣】を斬り裂くと、そのまま流れるように動き、男を脳天から一刀両断した。

男は目を見開き、膝をつく。

『ば、馬鹿な……！　この、俺が……！』

呻《うめ》くようにそう呟《つぶや》くと、男の体は光の粒子となって消えていく。

「勝てた……のか……？」

そして、その光の粒子は俺の体の周囲で回転すると、やがて体に浸透していった。

その瞬間、俺の視界は再びブラックアウトするのだった。

＊＊＊

「これは……！」

俺――グェンは、目の前の光景が信じられなかった。

下位世界の人間たちに神威を身に付けさせるため、ヤツらを試練の間に連れてきた。

この空間は、神威を持たない者たちを覚醒させるための試練に使われる。

だが神威は文字通り『神の威』であり、下位世界の人間が身に付けることはできない。

ならばどうするか？

人間の枠組みから外れることで、手に入れるのだ。

そのための場こそ、この試練の間である。

そして人間の枠組みから外れるというのは、言葉にするのは簡単だが、実際にやるとなると非常に難しい。

純粋に強くなり、人外のような強さを手に入れるのとは話が違うのだ。

人間を辞めるということは『自分自身を倒すこと』で初めて成し遂げられる。

この試練の間では、自分自身と対峙《たいじ》し、戦うことが試練として課される。

これも一見簡単そうに思えるが、自分とまったく同じ力、同じ思考の持ち主と戦い、そんな相手に打ち勝つことは、もはや不可能と言ってもいいレベルだろう。

しかし、今回連れてきた者たちはその試練を次々と突破したのである。

これは俺も、奴《やつ》らを甘く見ていたと認めざるを得ない。

ただ、その中に一人、とんでもない者がいた。

それは、神威すらない状態で俺に打ち勝った、ユウヤという人間だ。

他の者たちが自分とまったく同じ相手と戦っている中、何故かユウヤだけはその相手が自身よりも遥《はる》かに強力……いや、それこそ試練前のユウヤそのもので、それとは対照的に何故かユウヤ本人はみすぼらしいほどにとんでもなく弱くなっていたのだ。

一体、何が起きたというのか。何故、試練の相手が己より強いのか。

理由は分からなかったが、おそらくユウヤには二つの側面が存在しており、この弱々しい姿こそ、ユウヤの本質だということなのだろう。

これではどう考えても、ユウヤが試練を突破するのは不可能だろう。

なんせ、相手は俺すら倒す存在だ。

それに対して、今のユウヤはまさに下等生物。天と地ほどの差が存在する。

詳細な試練の内容を見ることはできないが、これではユウヤが一方的に甚振《いたぶ》られるのは目に見えていた。

……仕方ないが、ここでこちらから試練を中断すべきか。

そう決断しかけた時だった。

なんとユウヤの魂から、妙な力が溢れ出てきたのだ。

それは俺と戦った時ですら感じなかったもので、まるでユウヤの奥底に封印されていたかのような……そんな力だ。

そしてその力を見た瞬間、俺は強烈な嫌悪《けんお》感に襲われた。

な、何だ、この力は……！

妖しく揺らめく紫のオーラは、見ているだけで惹《ひ》きこまれそうになるが、どこか生物として根本的な部分が拒絶するような、そんな相反する性質を有していたのだ。

いきなりのことに驚く中、ユウヤはその力を駆使して、自分より遥かに強力な己に打ち勝ってしまった。

一時はどうなるかと思ったが、ユウヤは俺には分からない謎の力をその身に宿しており、それが今回の試練の突破に繋《つな》がったのだろう。

下位世界の存在でありながら、とても頼もしい。

俺は笑みを浮かべながら、試練を終えたユウヤたちの下に向かうのだった。

＊＊＊

「ん……あ……こ、ここは？」

『帰ってきたか』

「ユウヤ君！」

目を開けると、そこは試練を受ける前の景色だった。

呆然《ぼうぜん》と辺りを見渡していると、イリスさんが駆け寄ってきて、俺の体を確かめる。

「どこも怪我《けが》してないわよね⁉　大丈夫⁉」

「あ、だ、大丈夫です！　大丈夫ですから！」

体中を触り、何度も確かめるイリスさんにそう伝えていると、ウサギ師匠がやって来る。

《お前が最後だったぞ》

「え？　そ、そうなんですか？」

《ああ。俺とイリスはほぼ同時にこちらに戻ってきたが、その時すでに試練を突破していたのはアカツキだけだった》

「え⁉」

「ぶひ」

どこか誇らしげに胸を張るアカツキ。つまり、アカツキが試練を一番最初にクリアしたのだろう。

《その後にオーディスとユティ、ナイトたちが戻ってきて、最後にお前というわけだ》

「な、なるほど……」

「それだけユウヤ殿の試練は過酷だったというわけだな」

「ええ、そうです……ね？」

オーディスさんの言葉に答えようとしたところで、俺は試練の内容を思い出せないことに気づいた。

「あ、あれ？　確かに試練を受けたはずなのに、どんな内容だったか思い出せない……」

「やっぱり、ユウヤ君もなのね……」

「え？　も、ってことは、皆さんも……」

「肯定。私も覚えてない」

「わふ」

どうやら全員、どんな試練だったのか覚えてないようだ。

「――――覚えてないのは当然だ」

「グェンさん！」

　すると、グェンさんが静かに俺たちに近づいてきた。

「当然って、どういう意味です？」

「お前たちが神威を手に入れるには、人間の枠から外れる必要がある。そして、それには魂の覚醒が必要なのだ」

「魂の覚醒？」

「そうだ。魂とはお前たちの世界でも、この【天界】でも最も重要な力。そして、あの空間では魂が単独で存在でき、そこで魂の錬磨が行われ、覚醒することで神威を手に入れるに至る。これが試練の概要というわけだな」

「な、なるほど」

「魂にはお前たちの前世などのあらゆる情報が蓄積されている。しかし、お前たちはそれを知ることも、覚えていることもない。違うか？」

「そうですね……」

「つまり、魂に刻み込まれた記録は、私たちの記憶には残らないってこと？」

「そういうことだ」

　俺とゼノヴィスさんの間の契約も、魂を介した契約だったはずだ。だからこそ、ゼノヴィスさんが俺のことを忘れていても、魂は覚えているという不思議な状況が起こるのか。

「ともかく、お前たち自身が覚えていなくとも、魂は覚えている。その証拠に……どうだ？　神威を使えるようになったのではないか？」

「ええ」

そう言うと、イリスさんは掌《てのひら》から虹色のオーラを噴出させた。

それに続き、全員が神威を発動させる。

俺もやってみると、問題なく発動することができた。

「不思議。覚えてないのに、使える」

《まあ鍛錬と同じだな。無意識に技を使えるようになるのと似たようなものだろう》

「ほ、本当にそうなのか？　まあ、こうして使えるのだから、私としては文句はないがな」

それぞれが思い思いに神威を操る中、俺は何か重大なことを忘れている気がしていた。

何だろう……試練の時、何かがあったはずなのに……。

すると、グェンさんが続ける。

「何はともあれ、お前たちは試練を乗り越え、神威を手にした。その試練の過程は少なからず大きな力になっているはずだ。たとえ今は覚えていなくとも、必ず魂が覚えている。どこかで思い出すはずだ」

グェンさんの言葉通りなら、俺の忘れていることもそのうち思い出すだろう。

何だか気持ち悪さを感じつつも、無理やり自分を納得させた。

「よし。とにかくお前たちは神威を手に入れた。後はここから——」

そう言いかけた瞬間だった。

グェンさんは弾《はじ》かれたように顔を上げると、驚愕《きょうがく》の表情で遠くを見つめた。

「ば、馬鹿な！」

「？　一体どうしたのよ」

尋常ではないグェンさんの反応に俺たちも警戒すると、グェンさんは声を荒らげた。

「奴がやって来た！」

「奴？」

「虚神《うつろがみ》だ……！」

——どうやら俺たちは、このまま虚神との実戦に移るようだった。

第六章　虚神《うつろがみ》

グェンさんは虚神の侵攻を察知するや否《いな》や、すぐさま指を鳴らし、俺たちはあのシンプルな街に戻ってきた。

だが……。

「そんな！」

なんとそこは、すでに壊滅状態になっていたのだ。

呆然とその光景を見つめていると、急速に近づく気配が二つ。

その気配の方に視線を向けると、そこではラナエルさんと妙な化物が激しくぶつかり合っていた。

「ラナエルさんッ！」

「ゆ、ユウヤさん！」

俺たちに気づいたラナエルさんは、化物の隙を突いて強烈な蹴りを叩《たた》き込み、距離を取ってすぐに俺たちの下にやって来た。

「皆さん、帰ってきたということは……」

「肯定。無事、神威《かむい》を手に入れた」

《それよりも、アイツはなんだ？》

ウサギ師匠が鋭く見つめる先には、先ほどラナエルさんに蹴り飛ばされた化物の姿が。カマキリの鎌のような鋭い手足が六本。タコのような丸い胴体には様々な種類の瞳が浮かび上がっている。

あまりにも不気味な姿に驚いていると、グェンさんが教えてくれた。

「あれは虚神の尖兵《せんぺい》……虚兵《きょへい》だ」

「虚兵……」

「ラナエル！　ここはアイツだけか⁉」

「い、いえ！　すぐそこで、他の虚兵たちと我々使徒が。そして、虚神とはデア様たちが戦闘してます！」

そうラナエルさんが報告した瞬間、遠く離れた方角で凄《すさ》まじい爆発音が響き渡った。

その衝撃波がここまで及び、つい吹き飛ばされそうになる。

「クッ！　ラナエル！　お前たちは虚兵の相手をしろ！　ユウヤたちは私についてこい！」

グェンさんが指示を出しながら、再び指を鳴らした。

その瞬間、俺たちの視界が激しい戦場へと切り替わる。

「な、何よ、これ……」

――そこはまさに、地獄絵図だった。

「ぐあああああああああ！　た、助け――」

「き、消えたくない！　消え――」

凄まじい衝撃波が次々と使徒たちに襲い掛かり、靄《もや》が消えた時には使徒たちの姿すら綺《き》麗《れい》に消滅していたのだ。

そして、その衝撃波の元凶であろう存在が目の前に鎮座している。

「あれが、虚神……！」

それは顔のない、巨大な神だった。

全身が半透明の人型で、悠然と観測者さんの街を歩いている。

虚神が通った場所は、すべてが虚無になったかのように、何もかもがなくなっていた。

大地も、空も、すべてが虚無の闇へと変えられていくのだ。

こんな存在が他の世界に降り立てば、その世界は簡単に滅ぶだろう。

その途方もない大きさに俺たちが呆然《ぼうぜん》とする中、懸命に虚神に対して攻撃を加える人物がいる。

「デア様！」

「っ！　グェン！　間に合いましたか！」

デアさんは他の観測者さんたちに指示を出し、高速で移動しながら、あらゆる方向から神威を放ち、虚神に攻撃を加えていた。

だが――――。


『オォォォオオオオ！』


その瞬間、顔のない神が吠《ほ》える。

その瞬間、凄まじい衝撃波が俺たちに襲い掛かった！

「くっ！　『天聖斬《てんせいざん》』！」

《『穿脚《せんきゃく》』！》

「『滅魔《めつま》』！」

するとイリスさんたちがすぐさま反応し、手に入れたばかりの神威を全力で発動させながら、襲いくる衝撃波を目掛けて技を放った。

だが、イリスさんたちの技は衝撃波に命中するも、一瞬拮抗《きっこう》したのち、吹き飛ばされる。

「嘘《うそ》でしょ⁉」

全力の技が消し飛ばされたことで、イリスさんたちは愕然《がくぜん》としていたが、この三人の攻撃により、俺たちの下に到達する衝撃波は弱まり、全員、何とか踏ん張ることに成功した。

「ちょっと！　こんなの、どう倒せって言うのよ！」

「不明。大きすぎる！」

ユティの言う通り、この虚神、あまりにも巨大なのだ。

それこそ、巨大化したオーマさんより遥《はる》かに大きい。

『ほう？　この我を超えるか！』

オーマさんはそんな虚神の大きさが気に障《さわ》ったようで、張り合うように巨大化すると、問答無用で超特大のブレスを放つ。

そのブレスは周囲の虚兵たちも巻き込み、一気に粉砕していった。

「す、すごい……」

『フン。我にかかればこんなものよ』

だが、肝心の虚神には効果がないようで、オーマさん渾身《こんしん》のブレスを受けたにもかかわらず、ダメージがあったようには見えなかった。

『チッ……この神威とやらは扱いが面倒だな……』

先ほどのブレスはどうやら神威も織り交ぜた攻撃だったようで、だからこそ虚兵たちは粉砕されていったのだろう。というか、オーマさん、本当に神威使えたんだ……。

こんな状況にもかかわらずそんなことを考えていると、デアさんが飛んでくる。

「皆さん！　こうして集まったということは、無事に神威を習得したようですね」

「はい！」

「それはよかった。ただ、見ての通り、奴《やつ》は巨大です。そんなものが、まさか我々の拠点をいきなり襲撃してくるとは……」

「こちらはヤツらの動きを観測できないのですから、こればかりは仕方ありません」

悔しそうにそう呟《つぶや》くデアさんに、グェンさんはそう返した。

「その、あれが虚神なんですよね？」

「ええ。ヤツが虚神の本体に間違いありません」

「自我はないんですか？」

今の俺の目には、虚神はただ破壊の限りを尽くす、殺戮《さつりく》マシーンにしか見えないのだ。

「そうですね……実のところ、我々も虚神についてはよく分かっていないのです」

「分かってない？」

「なんせ、いきなり虚無から生まれ、まるで破壊だけが使命であるかのように、我々を滅ぼそうとしてくるのですから」

な、何だその恐ろしい存在は……。

事実、俺たちの目の前では観測者や使徒が必死に戦っているものの、虚神はまったく気にすることなく進撃を続ける。

「それじゃあ、どうすれば倒せるのかも分からないってこと？」

「いえ、唯一分かっているのは、皆さんに習得してもらった神威が効くということ。それだけです」

「では、倒せるかは分からぬというわけだな……」

そんなめちゃくちゃな存在を相手にしなければいけないのかと全員が表情を曇らせる中、デアさんは首を振った。

「いいえ。必ず倒せます」

「え？」

「この世には、完璧な存在などないのです。事実、観測者である我々でさえ、あの虚神に滅ぼされようとしている……だからこそ、虚神を倒せないということはないはずです」

『そこの女の言う通り、倒そうと思えば倒せるぞ』

すると、俺たちの会話を聞きながら、ブレスを放ち続けていたオーマさんがそう声をかけてきた。

「オーマさん！　それはどういう……」

『ヤツの見てくれは不思議なバリアで覆われているが、人間で言う胸部に巨大な力の塊が存在する。恐らくそれが、ヤツの心臓部なのだろう』

「ど、どうしてそんなことが分かるんですか？」

デアさんたちですら分からなかったことを簡単に見抜いたオーマさんに、デアさんが思わずそう訊《き》くと、オーマさんはニヤリと笑った。

『賢者でもすぐに見抜くであろうよ。であれば、我に分からぬ道理はない』

た、確かにゼノヴィスさんなら一瞬で見抜きそうですけど……。

「と、とにかく、オーマさんの言葉が本当なら、ヤツの心臓部にある力の塊を攻撃すればいいはずです」

「疑問。でもどうやって？　あの大きさじゃ、私たちの攻撃なんて微々たるもの」

「うっ……た、確かに……」

「それこそ創世竜《そうせいりゅう》に手伝ってもらえばいいんじゃない？」

イリスさんがそう言うが、オーマさんは苦々しい表情を浮かべる。

『それができれば苦労せぬが……どうやら我はヤツの怒りに触れたらしい。しばらく囮《おとり》になってやるから、その間にお前たちが何とかしろ』

「え、ちょっ⁉」

オーマさんは俺たちにそれだけ告げると、勢いよく空へと飛び立った。

それと同時に、虚神が再び巨大な咆哮《ほうこう》を上げると、衝撃波がオーマさんに襲い掛かる。

しかも、その衝撃波からは無数の虚兵たちが新たに創出され、餌に群がる蟻《あり》のようにオーマさんへと迫っていった。

ただ、オーマさんはそれらの攻撃を上手《うま》く躱《かわ》しながら、虚神に反撃していく。

「って……見ている場合じゃない！　俺たちも攻撃しないと……」

《お前たち観測者には、創世竜が言っていた力の塊を吹き飛ばせるほどの手はあるのか？》

「いえ……残念ながら、虚兵は我々で問題なく対処できるのですが、あの巨体の虚神に対抗するだけの力は持ってないんです」

「な、ならば、神威の力で大きくなれたりはしないのか？　もし我々も大きくなることができれば、虚神とも対等に戦えるであろう」

オーディスさんがすぐに提案するも、グェンさんたちは首を振る。

「無駄だ。ヤツには神威を織り交ぜた攻撃だけダメージが通るものの、我々が自分自身を神威で強化した場合、その神威に反応するかのように、何故《なぜ》かヤツも強大になるのだ。もし我々がヤツと同じくらいのサイズまで神威で大きくなったなら、ヤツもさらにそれだけ強大になってしまうだろう」

「そんな……」

ということは、現状虚神をまともに相手できるのはオーマさんだけということになる。

しかし、そのオーマさんは虚神の標的にされ、今も猛攻を受け続けている。

こんなの、一体どうすれば……。

もし、賢者さんなら……。

「……あ！」

そこまで考えた瞬間、俺はあることを思い出した。

「そうだ……あれがある！」

俺が思い出したもの。賢者さんから受け継いだもの。

それは、宇宙戦争の際に、ドラゴニア星人たちの母船であるドラグーンと戦った、あの白銀の巨兵だった。

俺は腕輪に意識を向ける。

お願いだ……力を貸してくれ……！

『――契約者の意思を確認。ただちに起動します』

「あ！」

周囲を激しい光が覆った瞬間、目の前には巨大な白銀の騎士が鎮座していたのだ。

その姿を見て、デアさんたちは唖然《あぜん》とするものの、同じく宇宙で戦ったオーディスさんたちは頷《うなず》く。

「そうか！　そのゴーレムは賢者の遺産！　神威を使って巨大化したものではない！」

「こ、これを賢者がつくりあげたと言うのですか？」

「な、何者なのだ、賢者とは……」

観測者であるデアさんたちですら、ゼノヴィスさんの思考回路と行動力に理解が追い付いていないようだった。

「これで俺が虚神を斬ります。ですから、皆さんは虚兵たちの相手をお願いします！」

そう全員に告げた俺は、次の瞬間、ゴーレム内の操縦空間へと移動していた。

「さて……これで二度目なわけだけど……今回は何分持つのかな……？」

『前回と同じく、三分が活動限界です』

「相変わらず短いね」

というより、俺の魔力が増えていないので仕方ないだろう。

そんな軽口を叩《たた》きながら、俺は右手に【全剣《ぜんけん》】を出現させる。

「さて……行くぞ！」

俺が虚神目掛けて駆け出すと、それに合わせてイリスさんたちも動き始めた。

「私たちだって強くなったんだから！」

そう口にするイリスさんは、いつもの『天聖斬』を放つように剣を上段に構える。

だが、その剣が纏《まと》う力は、『聖《せい》』の力だけではなかった。

「これが、私が手にした新たな力――――！」

『聖』のオーラと神威のオーラが螺旋《らせん》を描き、剣の周囲を巡る。

二つ合わさったオーラが空高くまで伸びると、イリスさんはそれを一気に振り下ろした。

「『神聖斬《しんせいざん》』ッ！」

圧倒的な力の奔流が、虚兵の集団に目掛けて放たれた。

ただ、虚兵の集団の中にはラナエルさんのような使徒たちもいたため、普通の攻撃では巻き込んでしまう。

しかし、神威の他に『聖』の力が混ざっていることから、その攻撃は使徒や観測者など味方に被害を及ぼすことなく、的確に虚兵の集団だけを殲滅《せんめつ》していった。

さらにその攻撃は虚神本体にまで到達し、オーマさんを追っていた虚神がわずかに揺れる。

そんな威力の攻撃を受けたからか、虚神はイリスさんにも意識を向けた。

《強くなったのはイリスだけではないぞ》

すると、イリスさんに続く形でウサギ師匠が一気に飛び出すと、虚兵が密集している激戦区に飛び込む。

そこでウサギ師匠は両脚、両耳に『聖』と神威のオーラを纏わせながら、虚兵たちを薙《な》ぎ倒していった。

《『神脚《しんきゃく》』！》

神威を使って瞬間移動することで虚兵を撹乱《かくらん》し、次々と蹴り倒していくウサギ師匠。
そして最後には虚神本体の目の前にまでたどり着いていた。
《効かぬとは分かっているが、試してみるのもいいだろう》
そう言いながら草食動物にあるまじき獰猛《どうもう》な笑みを浮かべると、ウサギ師匠は虚神本体目掛けて『聖』と神威のオーラを一点集中させた蹴りを放った。

《『神閃脚《しんせんきゃく》』！》

まるでレーザーのように突き進むオーラは、確かに虚神の本体にダメージを与えた。

しかし、それでも虚神の気を引くだけにとどまり、大きな傷は与えられない。

《フン。図体《ずうたい》がデカいと、何かと厄介だな》

「ならば、私も……！」

続いてオーディスさんはそう言うと、ドラゴニア星人たちとの戦いでも使用した、極限まで圧縮された魔力の塊を生み出した。

「この『滅魔』に神威を加えれば……！」

虹のオーラが漆黒の魔力の球体を包み込むと、それは虚兵が最も密集した地点に飛んでいった。

そして――――。

「爆《は》ぜろ！」

その瞬間、巨大な爆発が巻き起こった。

魔力と『聖』の力、神威の三種類の力が一気に解放され、周囲の虚兵たちを一掃していく。

「くっ……やはり一撃が限界だな」

ただ、強大な魔力を使いすぎるゆえか、オーディスさんは気怠《けだる》そうにするのだった。

「わふぅ……」

「疑問。ナイト、宇宙戦争の時みたいに大きくなれないの？」

「了解。なら、皆で頑張ろう。シエル！」

「ぴっ！」

ユティがそう呼びかけると、シエルの青い炎が、ユティやナイトたちの体を包み込む。

しかも、その青い炎には虹のオーラも混ざっていた。

「次。アカツキ！」

「ぶひぃ！」

アカツキはその場で巨大化すると、それこそオーマさんと同じくらいのサイズになる。

しかし、アカツキには攻撃手段がないため、周囲を癒《いや》すことに集中していた。

「ぶひぶひ！」

アカツキが力強く鳴くと、周囲一帯に『聖域』スキルが発動される。

そのスキルは虚兵との戦いで消滅しかけていた使徒たちの傷や気力も癒し、さらには聖獣として『聖』の能力を、周囲に付与していた。

そして――――。

「満足。それじゃあナイト、行くよ」

「ウォン！」

ユティの合図とともに、ナイトは一気に駆け出すと、その爪に魔力と神威を纏わせ、さらにシエルからもらった青い炎にアカツキの『聖』の力も加わって、虚兵たちを次々と殲滅していった。

虚兵の中には虚神ほどの大きさでないにしろ、かなり巨大な個体も生み出されている。

だがそんな敵が相手であっても、ナイトは一歩も引かなかった。

「グルル……ガアアアア！」

神威を使った瞬間移動で虚兵の懐《ふところ》に飛び込むと、そのまま相手を丸ごと牙と爪で斬り裂いたのだ。

だが、一人で突撃したナイトは虚兵にとってはいい的であり、ここぞとばかりに虚兵がナイトに一気に群がる。

ただそんな虚兵たちも、ひとりの少女にとってはいい的になっていた。

「照準。まとめて射貫《いぬ》く」

ナイトに群がる虚兵を静かに見据えたユティは、引き絞った矢を放った。

「『神雨《かみさめ》』」

それはまるで、天から降り注ぐ恵みの雨のようだった。

ユティの神威で強化された無数の矢が、虚兵の脳天を正確に射貫いていくのだ。

次々と倒れる虚兵を前に、ユティは頷いた。

「完了。これでユウヤの邪魔をするヤツはない」

「は、はは……皆すごく強くなってる……」

賢者さんの遺物である巨大なゴーレムを召喚したことで、虚神は俺の方にも意識を向けていた。

現時点で虚神の主たる攻撃目標はオーマさんではあるが、大型の虚兵をこちらに向かわせ、この巨大なゴーレムも早めに対処しようとしてくる。

それらを斬り倒しながら虚神に向かっていた俺だったが、その進路の邪魔をする虚兵たちを皆が倒してくれたのだ。

「後は俺が……一気に決める！」

虚兵がいなくなったこの一瞬で神威を発動させ、虚神の近くまで移動する俺。

するとさすがにオーマさんクラスの巨大な存在が急接近したからか、攻撃目標を俺へと変更してきた。

『オォォォオオオオ！』

「クッ⁉」

虚神の体から半透明の衝撃波が噴出し、俺に襲い掛かる。
もしこれを素直に受け止めれば、たとえこのゴーレムと言えど、どうなるか分からない。
だから……。

「うおおおおおおお！」

『魔装《まそう》』、『聖王威《せいおうい》』、『聖邪開闢《せいじゃかいびゃく》』、そして神威。
今俺の出し切れるすべての力を全力で発動し、ゴーレムに強化を施した。
そして、一閃《いっせん》。

「斬れないものなんて、ない……！」

あれだけ激しく争っていたはずなのに、今は静寂が周囲を支配している。

『お、おぉぉおぉ……』

虚神の体に、一筋の線が走った。

その線を中心に、虚神の半身がズレ落ちると、そのまま砂のように消えていく。そして、取り残されたもう半身も、大気に溶けていくように砂となって消滅していった。

虚神が消えるや否《いな》や、まだ残っていた虚兵たちも、同じように消えていった。

それは、まさに俺たちの勝利を意味しているのだった。

エピローグ

『活動限界に達しました。これより、召喚が解除されます』

虚神《うつろがみ》が消えるのを見届けると、ちょうどゴーレムの活動限界を迎えたようで、巨兵の召喚が解除された。

そして……。

「か、勝った……勝ったぞ！」

『うわあああああああ！』

【天界】中に、一斉に歓声が上がるのだった。

＊＊＊

その後、完全に虚神が消滅したことが確認され、改めて観測者さんの街に歓声が響き渡る。

しかし、あのデアさんたちの拠点も破壊され、その上、虚神が移動してきた形跡は何もない漆黒の空間となっており、【天界】に完全な平和が訪れたとは言い切れなかった。

デアさんたちの話では、壊れた街並みに関しては神威ですぐ生み出せるらしいが、あの漆黒の空間に関しては神威でもどうにもできないらしい。

というのも、その空間はまさに虚無。『無』の状態に何を与えても意味がないように、その空間もまた、元に戻るかどうかは分からなかった。

ただ……そんなこんなで虚神を倒し終えた以上、もはや俺たちが【天界】ですることは特になくなった。

「お、終わったぁ……」

「お疲れ様。いやぁ、どうなるかと思ったけど……案外何とかなったわね」

《そうだな。新たな力も手に入れたことだしな》

「うむ。私も研究対象が増えて、実に満足だ」

「あ、あはは……」

あれだけ派手に戦ったのに、イリスさんたちはけろっとしており、俺は苦笑いを浮かべてしまう。

何はともあれ、こうして虚神との戦いが終わったのだ。つまり、ゼノヴィスさんとの魂の契約も果たしたことになる。

「こ、これでもう、大きなトラブルに巻き込まれることはないはずだ！」

「確信。ユウヤがそう言うと、たぶん何か起きる」

ユティさん。そんなこと言わないで……俺はもう何も起きないって信じてるから……！

「ま、まあともかく、ここでの戦いが終わったのは確かだし、元の世界に戻りましょうか」

「またあのラナエルさんって方にお願いすればいいのかしらね？」


「――――少し、待っていただけますか？」


「あ、デアさん！」

皆で帰ろうかという話をしていると、観測者や使徒たちに指示を出していたデアさんがやって来た。

その後ろには、グェンさんを含む他の観測者さんたちもいる。

「どうしました？」

「この度は、私たちの世界の問題に貴方《あなた》たちを巻き込んでしまい、申し訳ございませんでした。そして、皆さんのおかげでこの世界が滅ぼされることなく、虚神を討伐することができました。この世界を代表して、皆さまに感謝を申し上げます」

『ありがとうございました』

デアさんが頭を下げると同時に、他の観測者さんたちも頭を下げてきた。

「か、顔を上げてください。俺としても、観測者さんたちの力になれてよかったです」

「……本当にありがとうございます」

デアさんたちが顔を上げると、ふと気になったことを訊《き》いた。

「そういえば、虚神はもう復活しないんですか？」

「……それに関しては正直なところ、私たちも分からないのです。すべてを虚無に帰す虚神のことです。我々が消えたと思っても、どこかの世界にたどり着いている可能性も十分あり得るでしょう」

「そ、そうなんですか？」

「この世では、どんなものでも本当の意味で完全に消し去ることはできないんですよ。消滅した虚神がどこかで復活したとしても不思議ではないのです」

「な、なるほど……」

となると、またアイツが復活するかもしれないのか。さすがにそれは困るんだが……。

すると、そんな俺の不安を感じてか、デアさんは安心させるように微笑《ほほえ》んだ。

「とはいえ、虚神が復活する可能性は低いでしょう。それよりも一つ、皆さんにご提案がございます」

「提案？」

「はい。皆さん、観測者になりませんか？」

「なっ⁉」

それはまったく予想していなかった提案で、俺を含めた全員が絶句した。

「驚くのも無理はありません。本来、上位世界の住人である我々が、下位世界の存在にこのような話を持ち掛けることはあり得ないのです。それこそ、賢者のような特例でなければ……」

「で、ですが、俺たちには賢者さんほど力はありませんし……」

「それに関しては、賢者の確かな実力を測りかねている以上、何とも言えません。しかし、皆さんは試練を乗り越え、神威《かむい》を手に入れました。これはすでに、観測者としての資格を有していることになるのです。そこで今回のご提案になります。もし皆さんがよろしければ、観測者にならないかと」

「そ、その、いきなりすぎてピンときてないんだけど、観測者になったら具体的にはどうなるのかしら？」

「グェンから話を聞いているかもしれませんが、下位世界に存在する多くの欲から解放され、寿命という概念すらなくなり、永遠の命が手に入るのです」

それはまさに、賢者であるゼノヴィスさんが生前に受けた、神への誘いに他ならなかった。

そのあまりにぶっ飛んだスケールの話に、思わず顔を見合わせる俺たちだったが、皆の意見は一致しているようだった。

「その、大変ありがたい話ですが……遠慮しておきます」

俺が代表してそう告げると、観測者さんたちの間から動揺が伝わってきた。

「ば、馬鹿な」

「この提案を断るだと？」

「賢者の時もそうだったが、この提案の魅力を理解していないのか？」

散々な言われようだが、これに関しては答えを変えるつもりがなかった。

「その……確かに永遠に生きられるのは魅力的なのかもしれません。でも、俺もまた、普通に生きていくだけでいいんです。俺たちに永遠の命は必要ありません」

今、大切な人たちがいて、そんな人たちとただ普通に生きていくことが何よりなのだ。

「ま、そうね。永遠の命ってのに興味ないわけじゃないけど、この世界で実際に食欲や睡眠欲がなくなったことで気づいたわ。そういった欲は大切なんだなって」

《そうだな。それに、限られた命の中で何ができるかを考えるから面白いのだ》

「私はイリスたちに比べて長寿ではあるが、寿命が長いことがいいこととは限らない。それに、未知なるものが存在する以上、私の知識欲を奪うのは難しいだろう」

「意見。私もユウヤと同じ。今の生活が好き。だから、このままでいい」

「わふ！」

「ぶひ」

「ぴ！」

「……そうですか」

俺たちの意思が固いと分かると、デアさんは残念そうにしつつも俺たちの意思を受け入れてくれた。

「賢者もそうでしたが……もしかすると下位世界はこの世界より素晴らしいのかもしれませんね。とにかく、皆さんの意思は分かりました。では、このまま皆さんを元の世界へ送り届けましょう」

そう言うと、デアさんは指を鳴らすポーズをとる。

「改めて、皆さん。本当にありがとうございました。また、いつかお会いできるのを楽しみにしております」

するとと、ラナエルさんが慌ててやって来た。

「ま、待ってください～！　わ、私も挨拶を！」

「ラナエルさん！」

ラナエルさんは俺たちの前で息を整えると、口を開く。

「最初は思いもよらない縁でユウヤさんとお会いしましたが、こうして力を貸していただき、本当にありがとうございました！　またいつか、こちらに遊びに来てくださいね！」

「こちらこそ！　ラナエルさんも遊びに来てください！」

こうして最後の挨拶をした瞬間、デアさんが指を鳴らし、俺たちの視界は切り替わるのだった。

＊＊＊

「帰ってきた、のかな？」

視界が変わると、そこはいつもの賢者さんの庭だった。

場所こそ最初にラナエルさんが迎えに来た位置と変わらないが、時間も経《た》っているようには見えない。

「ふぅ……本当に帰ってこられたみたいね」

《それにしても、今回は骨が折れた。俺は休ませてもらうぞ》

「私もここらで失礼しよう」

ウサギ師匠とオーディスさんはそう言うと、そのまま帰ってしまった。

しかも、神威の実験も兼ねてか、二人とも一瞬にして消えたのだ。

「もう、二人ともせっかちなんだから……」

「あ、あははは」

『ユウヤ。大魔境で何やら人間たちが魔物の群れと争ってるようだが、助けに行かんでいいのか？』

「え？」

イリスさんの言葉に苦笑いを浮かべていると、不意にオーマさんがそう口にする。

『お前の知り合いの女たちが襲われているようだぞ？』

「ええ⁉」

俺は慌てて庭を飛び出し、その現場に向かった。

すると、そこにはオーウェンさんを含む、アルセリア王国の兵士たちの姿が。

そして、レクシアさんとルナの姿があったのだ。

「レクシアさん⁉」

「あ、ユウヤ様！」

ゴブリン・エリートの群れに襲われているにもかかわらず、こちらを向いてにこやかに手を上げるレクシアさん。

そんな彼女に驚きながらも、俺はすぐに【全剣《ぜんけん》】を取り出し、ゴブリン・エリートたちを倒していった。

「ふぅ……それにしても、皆さんどうしたんですか？」

「実は、ユウヤ様にお願いがあって来たの」

「お願い？」

何だろうかと俺が首を捻《ひね》ると、レクシアさんは目を輝かせながら、驚くべきことを口にした。

「私とルナを、ユウヤ様の世界の学園に通わせて！」

あまりにも唐突なその内容に、俺の目は点になるのだった。

＊＊＊

――昏《くら》く、冷たい地の底。

そこには亡者《もうじゃ》たちの呻《うめ》き声が響き渡り、死の気配が濃密に漂っていた。

その地の名は【冥界】。

あらゆる死者の魂がたどり着く場所だった。

冥界は星、世界ごとに存在し、そこには交わることのない確かな境界線が存在した。

この境界線があるからこそ、冥界の秩序は保たれ、地獄の亡者たちがそれぞれの世界から抜け出すことができずにいた。

そんなとある冥界に、一つの魂が流れ込む。

それは優夜《ゆうや》によって討たれた、虚神の魂だった。

冥界に魂が流れ込むのは何ら不思議なことではなかったが、問題は、その魂が内包している力が異常だったことだ。

半透明に揺らめくその魂は【冥界】の周囲のあらゆるものを消滅させ、さらにその魂から放たれる力に作用されて、極悪な亡者たちが活性化し始めた。

そして一番の影響は――――冥界の境界線が消滅し、それぞれの世界の冥界が繋《つな》がってしまったことだった。

「――――妙な魂が流れ込んできたな」

周囲がざわめく中、一つの声が冥界に響き渡る。

その声の主は襤褸《ぼろ》切れのようなローブを身に纏《まと》う、一人の老人だった。

「はぁ……死んでもなお、安らぎを得られんのか」

どこか嘆くようなその声の主は再びため息を吐《つ》くと、遠くを見つめる。

そして――――。

「だが……また彼に会えるのは楽しみだ」

老人はそう呟《つぶや》き、笑った。

あとがき

この作品をお手に取っていただき、ありがとうございます。

作者の美紅《みく》です。

第11巻となりましたが、今回は現実世界では学園祭が開催され、そして異世界ではついに『観測者』と呼ばれる、神のような存在が登場してきました。

そして、今回、優夜《ゆうや》は新たな力として、観測者たちが扱う【神威《かむい》】を習得することになりました。

その際、優夜自身も知らなかった、優夜の体の秘密に少し触れることになりましたが……こちらは次回のお楽しみとなります。

さらに、優夜たちが倒した虚神《うつろがみ》の魂が冥界に流れたことで、再び一波乱起こりそうですね。

何より最後に登場した人物も……こちらも楽しみにしていただければと思います。

ただ、相変わらずその先は深くは考えていません。なので私自身も楽しみです。

そして、帯にも書かれている通り、TVアニメ化が決定いたしました。

これも読者の皆様や、出版社の方々が支えてくださったおかげです。

ありがとうございます。

まだ詳しい情報はお伝えすることができませんが、関係者の皆様が本当に頑張ってくださっているので、楽しみにしていただけますと幸いです。

私自身も、とても楽しみにしております。

さて、今回も大変お世話になりました担当編集者様。

毎回、美麗なイラストで作品を彩《いろど》ってくださる桑島《くわしま》黎音《れいん》様。

そして、この作品を読んでくださっている読者の皆様に、心より感謝を申し上げます。

本当にありがとうございます。

それでは、また。

美紅

富士見ファンタジア文庫

異世界《いせかい》でチート能力《スキル》を手《て》にした俺《おれ》は、
現実世界《げんじつせかい》をも無双《むそう》する11
～レベルアップは人生《じんせい》を変《か》えた～

令和4年8月20日　初版発行
令和5年6月15日　6版発行

著者――美紅《みく》

発行者――山下直久
発　行――株式会社KADOKAWA
〒102-8177
東京都千代田区富士見2-13-3
0570-002-301（ナビダイヤル）
印刷所――株式会社KADOKAWA
製本所――株式会社KADOKAWA

※定価はカバーに表示してあります。
●お問い合わせ
https://www.kadokawa.co.jp/（「お問い合わせ」へお進みください）
※内容によっては、お答えできない場合があります。
※サポートは日本国内のみとさせていただきます。
※Japanese text only

ISBN978-4-04-074576-3 C0193 ◆◇◇

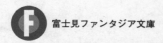

その剣《つるぎ》
WEBで圧倒的人気の
剣戟無双ファンタジー!!
シリーズ
好評発売中!!
月島秀一
illustration もきゅ
一億年ボタンを連打した俺は、
Ichiokunen Button wo Renda shita Oreha,Saikyo ni natteita
気付いたら最強になっていた
〜落第剣士の学院無双〜

STORY

周囲から『落第剣士』と蔑まれる少年アレン。彼はある日、剣術学院退学を賭けて同級生の天才剣士と決闘することになってしまう。勝ち目のない戦いに絶望する中、偶然アレンが手にしたのは『一億年ボタン』。それは「押せば一億年間、時の世界へ囚われる」呪われたボタンだった!?　しかし、それを逆手に取った彼は一億年ボタンを連打し、十数億年もの修業の果て、極限の剣技を身に付けていき――。最強の力を手にした落第剣士は今、世界へその名を轟かせる!